해피 엔드

해피 엔드

초판 1쇄 발행 / 2023년 10월 30일

지은이 / 이주란
펴낸이 / 염종선
책임편집 / 이해인 한예진
조판 / 박지현
펴낸곳 / (주)창비
등록 / 1986년 8월 5일 제85호
주소 / 10881 경기도 파주시 회동길 184
전화 / 031-955-3333
팩시밀리 / 영업 031-955-3399 편집 031-955-3400
홈페이지 / www.changbi.com
전자우편 / lit@changbi.com

ISBN 978-89-364-3943-9 03810

해피 엔드

이주란 소설

차례

1

그때로 다시 돌아갈 수 있다고 해도 나는 아마 나 자신을 보호하려 하겠지.

아침에는 집 앞에 나가 참새들을 관찰했다. 새들은 먹이 활동에 여념이 없었다. 참새 관찰을 마친 뒤 방으로 돌아왔다. 아침 식사로는 먼지가 떠 있는 물 한잔과 양송이 수프를 먹었고 식사 후에는 설거지를 하다가 개수대 모서리에 모인 물기를 좀 오래 바라보았으며 설거지를 마친 뒤에는 새소리를 들으며 세수를 하고 양치를 했다.

언제 어디서나 볼 수 있는 참새들의 수명은 평균 5~6년. 원경을 보지 않고 지낸 것이 2년 6개월.

너 진짜 화난 거야? 너무 웃겨서 웃다가 그런 거잖아. 왜 그래, 갑자기?

나는 그날 원경으로 인해 가까워진 원경의 친구들 앞에서 나를 안쓰러운 눈빛으로 바라보며 진정하라는 원경의 말에 수치심과 모욕감을 느꼈고 갑자기,라는 말에 절망했던 것 같다. 그리고 그날 이후 1년 동안은 하루의 많은 순간에 문득 원경을 떠올렸던 것 같다. 아니, 원경이 아니라 수치심과 절망감만을 떠올렸을지도 모르겠다.

그날로부터 시간이 흐르면서 나는 당시 내가 느꼈던 감정이 수치심이나 절망감이 아닐 수도 있겠다는 생각을 하기도 했고, 종종 혼자 보는 일기를 쓸 때조차도 헷갈려 그나마 가깝다고 여기는 표현으로 쓸 수밖에 없었다. 그날 그 순간에, 무엇이 먼저여야 했을까. 어떻게 했어야 할까, 그때로 다시 돌아간다고 하면 난.

진짜 그런 걸로 싸웠다고?

원경의 하소연을 들은 친구 몇이 물어왔고 나는 대답하지 못했다. 어떤 대상이 되어 해명을 하는 기분이었다. 가을이 오기 전까지 몇번의 연락을 주고받으며 대화를 나누었지만 그걸로 끝이었다. 우리는 다른 것들은 전부 감춰둔 채 사실 관계를 짚는 데만 몰두했고 그럴 때마다 둘 중 하나는 침묵했다. 그후로 아주 가끔, 그래서 이제 어떻게 되었냐고 묻는 친구들이 있었다. 그러면 나는 꼭 무엇인가를 깨달은 사람인 척 그날 이후 내가 했던 생각들 중 몇 개만 꺼내 대답하곤 했다. 원경이 보기에 내가 갑자기 크게 화를 낸 것은 사실이며 감사하게도 그 일로 인해 깨달은 바가 있어 좋은 점도 있다고 슬며시 웃으며, 지금의 삶 또한 나쁘지 않다는 식으로 말하곤 했던 것이다. 물론 그 몇개의 생각과 감정들은 실제의 나와 아주 먼 것은 아니었으나 나중엔 그저 내가 아는 감정이란 게 실상 몇개 되지 않는구나 하는 사실만이 남아 있음을 알게 되었다.

여전히 나는 내가 화를 낸 진짜 이유가 무엇이었는지,

원경이라는 한 사람이 내게 어떤 의미였는지, 원경과 멀어지고 난 뒤 내 삶이 어떻게 달라졌는지를 사람들 앞에 꺼내놓기가 조금 두렵다. 나는 거의 대부분의 사람들이 별것 아니라고 여기는 일로 화를 주체하지 못한 사람, 화해를 위한 노력은커녕 그 손길조차 거부한 사람으로 기억되고 있을 것 같다. 그런 채로 나는 다시 원경이 없는 일상에 익숙해졌고, 가끔씩 우리가 멀어진 이유라든지 그때 내 대처 방식에 대한 후회는 거의 다 잊은 채 내가 줄곧 매달렸던 감정에 대해서만 생각하곤 했다.

그래서 나는 2년 6개월 만에 도착한, 요즘은 어디에 사는지를 묻는 원경의 메시지에 답장하지 못했다. 내게는 아직 원경을 다시 마주할 자신이 없었기 때문이었다.

나는 그런 나 자신에게 실망하면서도 이런 상태를 유지해왔다. 그러는 동안 원경은 내 단조로운 하루 중 아무 때고 불쑥 떠오르곤 했고, 그럴 때마다 나는 원경의 눈빛과 그날의 대화를 곱씹다가 실제로 머리를 흔들며 이제 그만 생각을 멈추자, 하고 입으로 또박또박 내뱉어가면서 일상생활로 돌아오곤 했다.

원경이 아닌 누구였더라도 꼭 서로의 모든 것을 이해할 필요가 있을까. 어떨 때는 그냥 덮고 넘어가는 것이 있어야 하지 않을까. 유쾌하지 않을 이야기를 굳이 다시 할 필요가 있을까 싶으면서도 사실 나는 서로를 가장 가깝게 여겼던 우리를 멀어지게 만든 마음에 대해서는 말하고 싶은 것 같다.

2

상우에게서 제주발 비행기가 곧 이륙한다는 메시지가 도착했다. 시간을 맞춰 나가겠다고 답장을 보내고는 이어서 할 일이 떠오르지 않아 껌을 씹으며 제목이 같은 두편의 시를 읽었는데 주위를 맴도는 초파리 때문에 집중이 어려워 힘겹게 읽었다. 내 방 어딘가에 초파리들의 서식지가 있는 건지 아니면 내가 또 뭔가를 잘못한 건지, 벌써 한달째 매일 출몰 중인 것이다. 눈앞에 알짱거려 내쫓으면 금세 또 한마리가 나타나기에 사실 지쳐버린 지 오래였다. 아무튼 나는 이제 초파리들을 내쫓지 않고, 자연스럽게 떠오르는 생각들을 멈추려고 노력하면서 차갑지 않고 속이 다 비치는 바다에서 수영을 배우고 싶다는 생각을 한다. 정말 그렇게 된다면 내가 지금까지 살면서 많이 내뱉은 단어들 대신 조개라든지 햇빛, 소금이라든지 바람 같은 단어를 많이 내뱉으면서 살아보려고 한다.

집을 나서기 직전에 한 남자가 찾아와 문을 두드렸다. 크게 두드리든 작게 두드리든 문을 두드리는 건 싫다. 쿵쿵 하는 소리를 들으니까 잘못한 게 없는데도 괜히 겁부터 났다.

혹시 윗집에 사시는 분을 아시나요.

윗집 어디요.

302호요.

아.

마지막으로 본 게 언제시죠.

그제인가……

그제요?

사오일 전인가……

흠. 그날 별다른 거 없었나요.

없었는데요.

그리고 다른 말은 없었나요.

다른 거라뇨.

별다른 거.

......

아닙니다. 혹시 가까운 사이였나요.

......

실례지만 집주인분 전화번호를 알 수 있을까요. 다른 집들은 모두 부재중이에요.

누구신데요.

나는 양손에 서류가방을 들고 윗집 할아버지를 찾아온 남자에게 집주인의 번호를 알려주는 대신 직접 전화를 걸었다. 신호가 가고, 주인이 전화를 받고, 남자를 바꿔주었다. 남자는 윗집의 문을 열어보고 싶어했다. 둘은 시간을 정하는 듯했고 나는 그사이에 윗집 할아버지와 마지막으로 나눈 대화를 떠올리려 애썼다. 남자는 전화를 끊은 뒤에 내게 감사합니다, 하고 돌아갔다. 나는 생각을 멈추고 윗집으로 올라갔다. 문 앞에 놓인 흙투성이 운동화. 할아버지의 신발은 그 운동화와 합성고무로 된 검은 슬리퍼, 두켤레가 전부였다. 나는 그의 신발을 신어본 적은 없지만 다만 몇켤레인지는 안다. 아니, 안다기보다는 그 두켤레의 신발 말고 다른 신발이 놓인 것을 본 적은 없다고 말하는 것까지만 가능한 것 같다. 가까운 사이란 무엇일까. 나는 다섯켤레의 신발을 가지고 있지만 그중 한켤레만 자주 신으며, 그날 윗집 할아버지는 내게 수프를 한그릇 달라고 했다.

아가씨, 나는 하고 싶은 건 다 하고 살았어. 그래서 아무런 후회가 없어.

뜬금없이 그런 말을 하시기에 그런가보다 했던 날이었다. 한참 거기에 있다가 내려올 때가 되어서야 그날 할아버지가 내게 했던 마지막 말이 떠올랐다.

수프 고마워. 씻어서 갖다 줄게.

3

상우와 김포공항 근처에서 짜장면을 먹다가 급하게 돌아온 것이 오후 네시쯤이었다. 상우는 짐도 풀지 못한 채로 오랜 친구의 장례식장으로 출발했다. 오는 길에 쇼핑몰에 들러 구입한 검은색 정장으로 갈아입고 나갔다. 상우가 나가고 혼자 잠시 앉아 있는데 바깥이 소란했다. 근방에 사는 집주인과 내 집 문을 두들겼던 것으로 추측되는 남자가 큰 목소리로 대화를 나누고 있었다. 집주인이 환기를 해야겠다고 말하는 소리가 들려왔다. 그리고 잠시 후에 누군가 내 집 문을 두들기기에 나가보았더니 집주인이 서 있었다. 곧 다시 올 거니까 윗집엔 올라가지 말아요.

얕은 잠에 빠져들었다가 일어났다. 끼니를 때울 먹거리와 막걸리를 사올 겸 동네를 한시간쯤 배회하고 돌아와 윗집 문 앞에 섰다. 아직까지 집주인이 돌아오지 않은 것인지 문이 열려 있었다. 나는 그 집 현관까지 발을 들여놓은 적이 여러번 있었다. 할아버지의 흔적은 그대로였다. 방바닥에는 책 몇권과 아주 얇은 이불과 오랫동안 빨지 않은 것 같은 몹시 낮은 베개, 둘둘 말린 약봉지들이 있었다. 현관에 서서 방에 쌓인 책들을 구십권까지 세다 말았다. 그중 내가 가진 것과 같은 책들이 스물한권 있었다. 나는 접었던 손가락을 펴고 방 안에 들어가 회색 표지의 책을 한권 집어 들었다. 책을 펼치자 오래되고 눅눅한 종이 냄새가 났다. 1982년에 출간된 것으로, 책값은 삼천원이 안 되었다. 현재는 절판된 상태인 이 책으로 말할 것 같으면 보관 상태가 좋은 경우엔 중고시장에서 오만원 정도에 거래된다. 할아버지의 책은 상태가 썩 좋지는 않았다. 싱크대에는 내가 건넸던 그릇이 말끔하게 설거지되어 있었고 그릇 안엔 할아버지의 포크가 담겨 있었다. 수프를 포크로

드신 것일까? 막걸리 한잔을 내 국그릇에 따라 할아버지의 방 안에 두고 책 한권을 챙겨 내 방으로 돌아와 그 책과 같은 제목의 책을 찾아냈다. 나는 내가 가진 책들을 어디에서 왜 샀는지, 혹은 누가 주었는지 모두 알고 있는데 그 책에 대한 기억만 오리무중이었다. 도무지 스스로 기억해낼 수는 없었고 어떠한 힌트도 없었기 때문에 생각하기를 그만두었던 책이었다. 다시 할아버지의 방으로 가서 제목이 같은 두 책을 바꿨다. 이제 나는 내가 가진 모든 책이 어디에서 왔는지 알게 되었구나, 생각하다가 잠들었다.

새벽에 잠에서 깼다. 개천을 오르는 연어들을 찍은 영상을 한참 보고 나니 여덟시간이 지나 있었다. 후우, 나는 한숨을 쉬었다. 영상을 보다가 등이 가려워 효자손으로 등을 긁었다. 그때 집주인이 샤인머스캣을 사 들고 찾아왔다. 숨겨야 할 일은 아니지만 곧 새로운 세입자가 오게 될 테니 아무래도 이번 일은 비밀로 해달라는 것이었다. 이번 일이요? 물었더니 집주인은 윗집 할아버지는 가족들이 장례를 거부한 것 같다고 전해왔다.

어느 쪽이 못된 건지는 모르는 일이지만 말이에요.

집주인은 미간을 찌푸렸고 나는 갑자기 오른쪽 눈썹이 가려워서 긁었다.

아무튼 나라도 장례를 치러줄까 해요. 나도 혼자 살아서 이게 남의 일이 아니거든.

그런 말을 남기고 집주인은 돌아섰다. 나는 방 안에 들어와 앉아 오늘은 뭘 좀 하지 않고 가만히 있을까, 그래도 수선집에 갈까 오래 고민하다가 회색 바지의 기장을 줄이기 위해 집을 나섰다.

이거 12센티미터 줄여주세요.

그렇게 많이요?

네.

오천원만 주세요.

언제 오면 될까요.

내일 이맘때쯤이요.

감사합니다.

나는 집으로 돌아왔다. 내일 이맘때,라고 되뇌면서 벽에 걸린 시계를 오래 바라보았다. 윗집 일을 모르는 상우는 발인까지 있겠다는 연락을 해왔다. 나는 풀지 못한 상우의 짐을 바라보다가 흐트러져 있던 이부자리를 정리했다. 사실 그 일에 대해 잘 알지 못하는 것은 나도 마찬가지겠지.

여기서 상우의 집까지는 도보로 갈 수 없지만 수선집 근방에 제주라는 지역명이 들어간 상호의 여행사가 있다. 그 앞을 지날 때마다 상우가 자신의 진짜 집에서는 무얼 하고 있을까 궁금해하곤 한다. 내게서 아주 먼 곳에 있는 상우의 집. 왜인지 모든 행동을 이곳에서와는 정반대로 하지 않을까 하는 생각이 든다. 밥을 잘 먹고 잠을 푹 자지 않고 많이 웃고 사랑하지 않고. 나는 상우가 내게서 너무 멀리 살고 있다는 것이 가끔 슬프다.

무엇을 먹을까 하다가 오래된 소주에 콜라를 타서 마셨다. 안주가 없어서 콜라를 섞었는데 오랜만에 이렇게 먹으니 맛이 좋았다. 다 마시고 빈 소주병과 콜라캔을 재활용 박스에 넣기 위해 현관 쪽에 가서야 집주인이 두고 간

샤인머스캣이 있었다는 걸 알았다. 초파리가 꼬일까 염려스러웠지만 그것을 챙겨 윗집에 가서 두고 왔다. 그리고는 다시 책을 읽었다. 의자에 앉기가 싫어서 서서 읽었다. 서서 읽다가, 허리를 숙여서도 읽고, 다시 허리를 펴고 읽기도 했다. 이런 자세로 책을 읽은 것은 처음이었다. 단편소설 한편을 다 읽었다. 마지막 부분에서 눈물을 흘리고는 상우가 선물해준 거울을 보았다. 실물의 세배 크기로 보이는 거울이었다. 그러니까 나는 그 거울을 좋아하고 샤인머스캣을 먹어봤고 아직 바다를 건너본 적은 없다. 바다를 건넌다는 건 어떤 의미일까.

사실 나는 의미라는 단어가 조금 두렵다. 요즘의 내겐 눈에 보이지 않는 것들의 의미까지 헤아릴 다정함이랄지 용기가 없다. 용기 있는 사람들만이 다정할 수 있을 것 같다. 언젠가 나도 다정한 마음으로 무언가에 대한 기대감을 품고 바다를 건널 일이 있을까.

바다 생각을 하며 잠들었으나 밤에 꾼 꿈에서는 황야가

나왔다. 오래전에 연락이 끊긴 중학교 동창과 함께 하염없이 황야를 걸었다. 중학교 졸업과 동시에 미국으로 간 친구였다. 그 친구와 나는 황야를 건너는 일은 의미 있는 일이다, 건너고야 말겠다 함께 다짐하며 걷다가 오 이런, 아무래도 불가능하다, 가능하다, 불가능하다, 가능하다 하면서 평행선을 달렸다. 결국엔 그냥 걷자, 그냥 걷는 거다 땀을 흘려가며 걸었으나 끝이 보이지 않았다. 깨고 나서는 의미라니? 황야라니? 잠시 허망하였으나 잘된 것 같다고 여겼다. 그 친구는 그 시절에도 나를 살게 했는데 이렇게 오랜 후에 꿈에까지 방문해주다니.

어김없이 새가 지저귀는데 오늘따라 힘이 없는 것 같다. 슬픈 소식을 들은 것인지 들려오는 소리가 미세하게 느리고, 낮고, 아무튼 겨우 지저귀는구나 하는 느낌이다. 나는 매일 새소리를 주의 깊게 듣기 때문에 알 수 있다. 어디가 아픈 것일까 나가보았지만 새는 보이지 않고 나는 다시 집으로 들어왔다. 혹시나 구조 요청 신호일 수도 있을 것 같은데 실체는 없어 다만 걱정하는 마음으로 하염없이 그

소리를 들었다. 새도 아파서 죽을까. 어떤 새가 아파서 죽고 어떤 새가 괴로운 삶의 과정을 겪을까. 어느 세계에나 그런 일은 있는 것일까 모르겠다. 모르겠지만 태어났다면 삶이라는 건 태어난 것들을 가만 내버려두지만은 않겠지. 몇마리의 새는 비틀거리겠지. 삶이란 건 원래 고통이라는 말에 큰 위안을 받곤 했을 때도 사실 내 깊은 곳에서는 그 말을 온전히 받아들이지 못했던 것 같다.

나는 오랫동안 되도록 뭘 하지 않으려 애를 썼다. 뭐든 애를 쓰면 좀 나았다. 물론 한쪽에 애를 쓰느라 다른 쪽은 엉망이 된 것 같기도 하다. 학창 시절에 나는 죽고 싶은 마음을 억누르느라 공부를 거의 하지 못했다. 동시에 나는 타락하지 않으려고도 애를 썼다. 만약 내가 타락이란 걸 했다면 아마도 스스로에 대한 후회와 듣는 이 없는 해명을 하며 남은 생을 다 써야만 했을 것 같다.

생각만 해도 지겨운 것. 지겹게 질문하고 지겹게 안 믿는 사람들. 원경과 가까워지기 전에 나는 유년 시절에 대한 주제가 나올 때면 사람들이 적당히 이해할 것 같은 정도만 말하려 애쓰며 살아왔다. 많은 이유로 그렇게 했다. 하지만 원경 앞에서는 뭔가를 일일이 설명하거나 이해시키려 하지 않아도 되었고 심지어 사람들이 모두 부당한 일로 화를 낼 때, 그래도 나는 정당하게 화를 내는 사람들이 부러워,라고 말해도 되었다. 또 덤덤하게 내 결핍을 드러내도 지적을 당하거나 못나 보이는 사람이 되지 않았고, 그저 나 자신 그 자체가 되었다. 해명하는 듯한 기분이 들지 않았고 그게 좋고 나쁨이나 옳고 그름의 이야기가 아니라는 것을 설명하지 않아도 되었고 어딘가 부족하더라도 왜인지 그것을 감추고 싶은 마음이 들지 않았던 것이다. 그동안 세상의 시선을 너무 많이 의식해왔구나, 그런 것을 알게 되었고, 그래서인지 원경과 멀어지고 난 뒤에는 지금까지 가까웠다 멀어진 몇몇 사람들과의 경우와는 다르게 몹시 괴로웠다. 지금의 상황을 바꾸는 것조차 두려워하는 나를 받아들이려 애썼으나 여전히 잘되지 않을 만큼.

그래, 알았어. 내가 미안해. 부탁인데 먼저 가줄래?

먼저 가달라는 원경의 부탁 앞에서 몹시 비참했던 것.
침묵하고 있을 거면서 돌아서지도 않았던 내 모습을 나조
차도 받아들이기 어려웠다는 것. 크게 웃으면서 내 팔을
치던 혜진에게 조금씩 짜증이 났던 것. 옆으로 살짝 피해
보았지만 혜진의 웃음이 그치지 않았던 것. 은지의 이야
기 속에서 예전에 아버지와 살던 곳의 지명이 나왔을 때
몹시 위축이 됐던 것. 갑작스러운 원경의 간지럼에 나조
차도 놀랄 만큼 크게 화를 냈다는 것. 내가 누군가에게 그
렇게 크게 소리를 질렀다는 것. 내키는 대로 무자비한 폭
력과 간지럼을 반복하던 아버지와 무력했던 나. 다 지난
일이라 거의 잊었다고 여겼던 감정이 이런 식으로 모습을
드러냈다는 것. 화를 낸 이유가 받아들여지지 않을 거라
는 생각에 결국 침묵을 택했던 것. 입을 꾹 다물고 네 사람
의 시선을 견디며 지금 내 침묵이 원경을 더 불편하게 만
들고 있다고 여기면서도 끝까지 입을 떼지 못했던 것. 다
시 그때 그 어린아이가 된 듯한 기분에 절망했던 것. 이 모

든 마음의 반의 반도, 누구에게도 말할 자신이 없었던 것. 원경과 한주, 혜진과 은지가 먼저 그 자리를 떠난 것. 저 사람 갑자기 왜 저래. 혼자 까페의 단체 테이블에 남겨진 나를 주위의 많은 사람들이 수군대며 쳐다보았던 것.

우리 사이에 못할 말이 있었구나. 네가 좀더 솔직해질 자신이 있을 때, 그때 연락 줘. 난 언제든 괜찮아.

그럴 자신? 원경의 메시지에 답하지 못한 채로 1년 정도가 지나서야 나는 종종 원경의 말대로 내가 솔직하지 못했다는 것을 인정할 때가 있었고 앞으로 나 자신이랄지 가까운 사람들에겐 더 솔직해질 필요가 있겠구나 하는 생각을 하기도 했는데, 내게는 누군가를 잃는 것보다 상대가 이해하지 못할 것 같은 나에 대해 솔직해야 하는 상황을 맞닥뜨리는 게 더 두려웠다. 상대가 이해해줄지 아닐지 전혀 알 수 없는 상황에서 사람은 얼마만큼 솔직할 수 있는 걸까. 누구에게라도 묻고 싶었지만 사실 진짜 대답을 듣고 싶은 건 아니었던 것 같다. 나는 내가 솔직한 마음을 털어놓거나 상대의 진심을 받아들이는 상황을 상상하면 공포스럽다. 그런 식으로 상황을 피하는 쪽을 택한 뒤에 계속될 괴로움을 받아들이는 게 차라리 나을 정도로.

아무렇지 않게 사람들과 이야기를 나누며 웃기도 하고 하던 일도 계속 하고. 누군가를 돕기도 하고 짧은 여행 계획을 세우기도 하고. 그러니까 그날로부터 시간이 흘러 많은 것이 흐릿해진 것 같으면서도 자려고 불을 끄고 누우면 문득 아무 일이 없는데도 사는 것이 두렵다는 생각이 들 때가 있다.

4

계속될 것만 같은 괴로움 쪽을 택한 나는 원경 없이도 잘 지내보려 애를 쓰며 지내왔다. 새들도 겁을 먹거나 애를 쓰며 살아갈까 모르겠다. 어제 내가 덮었던 이불을 세탁기에 넣고 어제 보던 거울을 다시 본다. 눈이 어떻고 코가 어떻고 하는 느낌보다는 이게 진짜 눈이구나, 이게 진짜 코구나 하는 느낌이다. 문득 징그럽기도 하지만 그뿐이다. 징그러우면 어때. 여태껏 나는 이 얼굴을 가지고 살아왔을 텐데. 그동안 대충만 보고 살아왔을 뿐. 아무튼 내 얼굴의 많은 것들은 일반 거울로는 잘 보이지 않는다.

눈 밑의 주근깨를 자세히 보고 있을 때 갑자기 코피가

났다. 나는 급하게 휴지로 코를 틀어막았다. 피가 멈춘 뒤엔 피 묻은 휴지를 멀리 휴지통을 향해 던졌다. 최근엔 일부러 휴지통을 멀리 두고 농구를 하듯 쓰레기를 던진다. 던진 쓰레기의 대부분은 휴지통을 벗어나지만 그래도 재미가 있다. 던지기 위해 멀리 둔 것이지 골인하기 위해 둔 것이 아니다. 때문에 나는 군말 없이 일어나 휴지를 주워 휴지통에 넣곤 한다.

넌 가끔 이 땅에 딱 달라붙어 사는 느낌이 안 들 때가 있어.

언젠가 누워서 휴지를 던지던 내게 상우가 말했다.

　　　　　•

나는 빵을 사러 집을 나섰다. 집 앞에 검은 새의 깃털 몇 개가 날리는 모습을 보면서 편의점으로 갔다. 얼마 전까지 나는 이곳 편의점에서 야간 아르바이트를 했다. 돈을 모으기 위해 겸업을 한 것인데 야간엔 손님이 거의 없어서 결국 그만두게 되었다.

오랜만이네요. 출근 안 했어요?

사장님이 물어왔다. 사장님은 편의점 앞 파라솔에 앉아

멀찍이 둔 종량제봉투에 쓰레기를 던져 넣고 있었다. 튕겨나가는 것 없이 거의 다 골인이다.

혹시 잘렸어요?

오, 아뇨. 그제부터 휴가예요. 여름휴가.

휴, 난 또.

계속 다닐 거예요.

네.

나는 조금 웃었다. 우리는 편의점으로 들어갔다. 사장님은 카운터로 가고 나는 편의점을 돌다가 치즈가 들어간 빵과 옥수수맛 즉석 수프, 딸기우유, 구슬아이스크림을 샀다. 사장님은 내가 산 것들을 계산하며 말했다.

봉투 필요해요?

아뇨.

봉투는 필요 없고, 그럼 휴가를 안 간 거예요?

네, 못 갔지요.

나랑 같네요. 기분 좋다.

좋으세요?

좋지요.

어떤 부분이?

같은 처지라는 게.

하하. 또 올게요.

나는 조금 웃고서 양손에 먹을거리를 잔뜩 들고 나왔다. 편의점 앞엔 참새 두마리가 있었는데 내가 바로 옆을 지나가도 날아가지 않았다. 어쩐 일인가 싶어 몸을 숙여 자세히 보다가 빵을 떨어뜨렸다. 나는 떨어뜨린 빵을 주우며 참새들을 관찰했다. 참새들은 아스팔트가 움푹 파인 곳에 고인 물을 먹고 있었다. 에어컨에서 흘러나온 물이었다.

나는 기껏 주워 들었던 빵과 수프와 우유를 땅에 내려놓고 집 앞 계수나무에 기대어 구슬아이스크림을 먹으며 잠시 내가 사는 집을 바라보았다. 총 열한가구가 사는데 윗집 할아버지에게 가끔 수프를 나눠준 것 말고는 어느 집과도 큰 왕래 없이 살고 있다. 구슬아이스크림은 맛이 좋았고 금세 다 먹었다. 나는 다시 편의점으로 가서 구슬아이스크림 두개를 더 구입했다.

떨어뜨렸어요, 다 먹었어요?

다 먹었어요.

내가 팔지만, 나도 이걸 정말 자주 사 먹어요.

정말 맛있어요.

근데, 채소도 좀 챙겨 먹어요.

네.

집으로 돌아오는 동안 혼자서 여섯마리의 개를 산책시키는 사람을 마주쳤다. 나는 그 사람의 뒷모습을 하염없이 바라보다 돌아섰다. 누가 가져가려면 가져가라지 하는 심정으로 땅에 두고 간 빵과 수프와 우유는 그 자리에 그대로 있었다. 나는 그것들을 힘겹게 양손에 쥐고 대문을 통과했다. 윗집으로 향하는 계단 몇개를 올라가보니, 그 집 현관문이 아직 열려 있었다. 할아버지의 짐도, 내가 두고 온 샤인머스캣도 두고 온 모습 그대로였다.

내 방으로 들어와 편의점에서 산 것들을 우르르 내려놓고 전기포트로 물을 끓였다. 수프 두개에 뜨거운 물을 붓고 기다리는 동안엔 빵을 먹었다. 요즘 살이 찌고 있다. 빵 봉지에서 나온 스티커는 버리려다가 한쪽 벽에 붙였다.

'서리여왕 쿠키'라고 쓰여 있었는데 서리여왕이라니 도통 어떤 여왕인건가 생각할 때 이불 세탁이 완료되었다는 멜로디가 들려왔다. 이불을 꺼내 턴 다음 건조대에 널었다. 그리고 수프 한개를 윗집에 두고 돌아와 내 몫의 수프를 먹었다. 삼분이나 걸렸을까? 금세 먹어치운 뒤엔 물 한 그릇을 떠놓고 비가 오게 해달라고 빌었다. 비가 오는 것은 왜 누구에게는 바라는 일이고 누구에게는 괴로운 일인 것일까. 비가 오면 내 어머니는 힘들어질 것이다.

어머니는 구슬아이스크림을 사 먹을 돈이 있을까. 내가 어머니를 안 보고 지내는 이유가 바로 그 꼴을 보기 싫어서인데. 세찬 비를 맞을수록 무거워지는 검은색 우비. 아랑곳하지 않고 귀신처럼 골목을 도는 구겨진 뒷모습. 놀랍게도 어머니 역시 나를 찾지 않는다. 더불어 종종 어머니가 흐뭇해할 것이라고도 생각한다.

너도 이 집을 떠나봤으면 해. 이제 여길 떠나서 네 마음이 어떻게 변하는지 직접 느껴봐야지. 혹시 행복할지도 모르잖니.

그런 어머니는 찢어진 비닐우산을 리어카에 꽂고 종일 동네를 돌았다. 그리고 집에 돌아오면 깨끗하게 몸을 씻고 얼굴과 손, 발에 로션을 바르곤 했다. 향이 좋지? 내게 물으면서 좋은 향을 맡으면 기분이 좋다고 말하곤 했고 일주일에 한번씩 할머니를 씻긴 뒤에 할머니의 손과 발에 로션을 발라주곤 했다.

나는 그런 어머니를 생각하며 샤워를 했다. 그러다 샤워기를 놓치기를 두번, 샤워를 마치고 나와서 냉수를 마시려다 컵을 떨어뜨린 것이 한번. 물은 무슨 물이냐 하면서 윗집 할아버지 집에서 바꿔온 책을 읽으려다 책마저 떨어뜨려 발가락을 찍은 것이 한번.

나는 얇은 여름이불 위에 누우면서 한달쯤 뒤엔 이 발톱이 빠지리라 예감했다. 지금 당장 겉으로는 아무렇지 않아 보이지만 시간이 지나면 빠지고야 말 거라고. 나는 누운 채로 손을 뻗어 라벤더향이 나는 로션을 손에 쥐었고 조금씩 짜서 몸 여기저기에 발랐다.

적막한 기분이 들어 티브이를 틀었다. 뉴스에서는 곧 다가올 비 소식을 전하고 있었다. 누군가는 기다리고 누군가는 두려워하는 비. 공존하기 어려운 것들을 바랄수록 인생은 고단해질 것이다. 나는 고단한 인생을 살고 싶지 않으므로 되도록 무엇인가를 바라고 싶지 않다.

5

내가 가진 달력은 일력으로, 날짜는 2월 11일에 멈춰 있다. 종종 방문하곤 하는 작은 서점에 책을 사러 갔다가 선물로 받았던 것이다. 서점 사장님은 내게 무척이나 아껴 두었던 것이라며 아끼는 손님이라 드린다고 했다. 나를 아끼다니. 어쩌면 좋지. 책을 사기도 전에 선물부터 받았던 사실이 너무 감사해서 평소보다 많은 책을 샀다. 나는 매일 아침 일어나 일력에 쓰인 글귀를 열번씩 읽고 뜯어낼 계획이었다. 세상엔 멋지고 그럴싸한 말이 많았고, 어떤 글귀에는 전에 없던 큰 위로를 받기도 했지만 "새로운 시작에 형통의 길이 있다"라는 문구 아래에는 그날 내가 꾼 끔찍한 악몽 이야기가 쓰여 있었다. 점심 즈음까지 일력을 뜯을까, 그대로 둘까 고민하며 시간을 보냈다. 거의 반년어치를 뜯어야 하는데 무슨 의미일까 싶어 말끔하게 세수를 하고 집을 나섰다.

다이소에서 작은 개구리 인형과 봉숭아물을 쉽게 들일 수 있는 가루 제품을 사서 근처 전집으로 갔다. 이제 막 오픈을 했는지 아직 오픈 전인 건지 손님은 아무도 없었다.

안녕하세요? 오픈한 건가요?

아유 그럼요. 편하신 데 앉으세요.

감사합니다.

다정한 친절에 나는 고마운 마음이 들었다. 구석 자리에 앉아 모둠전과 막걸리를 주문했다. 이제 막 오픈을 해서 시간이 좀 걸릴지도 모르겠다는 말에 다이소에서 산 물건들을 살펴보았다. 어릴 적 살던 동네엔 여기저기 봉숭아가 지천이었다. 돌이켜보면 길가에도 널린 게 봉숭아였는데 떨어진 꽃잎에 손이라도 댔다간 누군가 쫓아와 뒤통수를 갈길 것만 같았다. 하필 내 집 앞에만 봉숭아가 없었고 어느 해엔 결국 참지 못하고 한밤중에 밤나무가 많던 숲의 입구 쪽으로 가 봉숭아 꽃과 잎 몇장을 따왔다. 그리고 다음 날에 혼자 꽃과 잎을 찧어 집 안을 굴러다니던 비닐로 손톱을 감쌌다. 오른손잡이여서 왼손은 그런대로 수월했으나 오른손을 할 때는 엉망진창이 되었다. 그때 아버지는 온 집 안의 문을 닫아두고 마루에 앉아 전화기에 대고 쌍욕을 해대며 술 담배를 하고 있었다. 불똥이 튀어 맞지나 않으면 다행이었기에 오른손을 좀 감싸달라고 말하는 건 있을 수 없는 일이었다. 아버지가 나를 버린 뒤에야 엄마와 할머니를 만날 수 있었고, 그해부터는 할머니가 봉숭아물을 들여주었다.

손톱이 너무 작아서 잘 안 된다. 작아도 너무 작아.

할머니의 목소리가 떠오른다.

기주야. 왜 이렇게 작니. 손톱이.

나도 몰라 할머니. 작은 걸 나보고 어쩌라고 자꾸 작다고 말하는 거야.

할머니와 속삭이던 그 밤을 떠올릴 때 음식이 나왔다. 나는 뜨끈하고 고소한 전을 먹으며 막걸리를 마셨다. 엄마와 할머니는 모둠전을 사 먹을 돈이 있을까? 작게 한숨을 쉬고 한쪽 벽에 걸린 티브이를 보며 간장 소스에 적신 양파를 집어 먹었다. 티브이에서는 천하장사들이 퀴즈 게임을 하고 있었다.

채널 돌려도 돼요. 보고 싶은 거 보세요.

아, 네.

나는 또 고마운 마음이 들었고, 프로그램이 재미있어서 채널은 그대로 두었다. 상우로부터 발인을 마치고 친구들과 잠시 이야기를 나누는 중이라는 메시지가 왔다. 나는 점심을 먹었느냐고 물었고 그가 아직 점심을 먹지 않아 이야기는 길게 이어지지 않았다. 왜 아직인지를 물어보았으나 우리 모두 배가 고프지 않아서,라는 짧은 대답을 들을 수 있었다.

──그래도 먹어야지.

사실 그렇구나,라고 생각했는데 내 진심과는 상관없이 답장을 보내고는 난 무엇을 얻으려고, 무엇을 잃지 않으려고 마음을 곧이곧대로 말하지 못하는가 생각할 때 전집 입구가 소란스러워졌다.

한 무리의 젊은 사람들이 들어오고 있었다. 한 사람이 먼저 들어와 문을 잡고 손을 휘휘 돌리며 안으로 들어오라고 손짓했다. 들어온 사람은 모두 열두명이었고, 한명이 술과 안주를 주문했다. 티브이는 음 소거 상태였기 때문에 그들의 이야기를 듣게 되었다. 그들 중 한명의 생일이라는 걸 알 수 있었고 밀려든 주문에 직원들은 분주해졌다. 술부터 달라는 외침에 이미 가고 있다는 외침이 돌아왔다. 착착, 막걸리 잔을 내려놓는 소리가 경쾌하게 들려왔고 한 사람이 젓가락을 돌리고 사람들이 고맙다며 젓가락을 받고 내려놓는 소리, 생일을 축하하며 건배를 하는 소리가 들려왔다. 그런 뒤에는 일사불란하게 무생채를 오독오독 씹는 소리를 들을 수 있었다. 나는 천하장사들의 퀴즈게임 화면을 보며 오독오독 소리를 들었다.

그들이 주문한 안주가 채 나오기도 전이었다. 생일 파티에 대한 정의를 내려보고자 머리를 굴리고 있을 때 여덟명의 단체 손님이 전집으로 들어왔다. 그들은 겉으로만 봐서는 나이가 좀 있는 걸로 보였다. 이 전집에는 이제 세 테이블, 그러니까 나와 여덟명과 열두명이 있는 테이블이 있다. 나는 아무려면 어떤가 하면서 견뎌보려 했으나 곧 나를 제외한 두 테이블에서 케이크를 올려두고 생일 축하 노래를 부르기 시작했다. 저분에게 케이크 한조각 드릴까? 아냐, 괜히 민망해하실 것 같은데. 야! 우리 먹을 것도 모자란다! 사람이 열두명이나 되어 그중 절반만 나에 대해 한마디씩 해도 나는 여섯마디나 들어야 했다. 여덟명이 앉은 테이블은 나에게 무관심해서 차라리 마음이 편했다.

하지만 역시 외로워져서 남은 전을 포장해서 가게를 나왔다. 전을 포장해주던 직원이 미안하다며 사이다 하나를 서비스로 주었다. 역시 고마운 마음이었고, 직원은 끝까지 나를 배웅하며 안쓰러운 눈빛으로 바라보았다. 외로워진 건 사실이었지만 도리어 내 쪽에서 괜찮다고 말해야 하나 싶을 정도였다. 좋은 의도였을 것이므로 금세 외로운 마음을 다잡고 집으로 돌아오는 길에 시장에 들렀다. 과일 가게 앞 리어카 아래 그늘에 고양이 두마리가 누워 사람들을 보고 있었다. 나는 자두와 살구를 샀다. 울적한 마음으로 걷는 내내 향긋한 과일 향기가 풍겼다. 매일 밤 로션을 바르던 어머니를 아주 잠깐 떠올리며 자두 하나를 꺼내 먹었다. 어느 깜깜한 여름밤에 낯선 시골길을 걸은 적이 있었다. 사방엔 풀벌레 소리뿐, 아무것도 보이지 않았으나 지금과 같은 과일향이 날아와 아, 근처에 자두밭이 있겠구나 도란도란 이야기를 나누며 원경과 함께 걷던 시골길, 그 밤.

상우가 곧바로 공항으로 간다고 하여 나는 집으로 돌아와 상우의 짐을 들고 김포공항으로 갔다. 상우는 기운이 몹시 없어 보였다. 뭘 좀 먹고 가라고 했지만 집에 가서 먹겠다는 말에 캐리어를 넘겨주었다.

고생했어.

슬픔에 지친 상우는 잠시 내 어깨에 이마를 댔다. 나는 나보다 키가 큰 상우의 무게를 받으려고 두 발 사이를 조금 더 벌리면서 힘을 주었다.

사람 머리 무게가 4~5키로쯤 된다네.

내 말에 상우가 조금 웃었다.

그럼 난 6키로쯤 되려나.

상우의 말에 나는 고개를 끄덕였다.

──다음엔 내가 갈게.

바다를 건너고 있을 상우에게 메시지를 보내두었다.

아직 해가 지지 않은 여름 저녁. 손톱에 봉숭아물이 들기를 기다리는 동안 잠깐 잠이 들었고 자고 일어나서는 자두와 살구를 씻어 먹었으며 깨끗하게 빨아서 널어두었던 이불을 걷어 돌돌 말아 베고 누워서 바다 없는 여름휴가의 마지막 날을 보냈다.

6

다녀올게. 쉬고 있어.

내 반려돌 메리에게 인사를 하고 평소보다 일찍 집을 나섰다. 길가의 좁은 틈마다 나팔꽃이 피어 있었다. 새벽 네시에 일어났으나 먹은 것이 없어 아까부터 배가 고파왔다. 나는 편의점으로 갔다.

어디 아파요?

아뇨.

무슨 안 좋은 일 있어요?

배가 고파서요.

밥을 먹어야 하는데.

나는 편의점 사장님의 말에 김밥을 골랐다. 샌드위치를 사려고 했지만 사장님의 말을 듣고 보니 쌀을 먹은 기억이 가물가물했다. 김밥과 녹차를 구입해서 편의점 앞 파라솔에 앉았다.

내가 더 불행한 얘길 해드릴까요. 그럼 기분이 좀 나아질 텐데.

하하. 괜찮은데.

내가 하고 싶어서 그래요.

그럼 해주세요.

나는 김밥을 먹으며 사장님의 이야기를 듣기 시작했는데 손님들이 들어와 길게 이어지지 못했고 우물우물 김밥을 씹으며 골목을 지나는 사람들을 바라보았다. 사람들은 아무 말 없이 갈 길을 갔고 들려오는 것은 자동차의 바퀴가 굴러가는 소리와 새소리뿐이었다.

편의점 옆에는 단독주택이 있는데 작은 마당에 두그루의 나무가 있다. 그 나무 위에서 새들은 지저귀고 있었다. 새들은 어떤 이유로 화가 나 있는 것 같았다. 새들아, 내가 더 불행한 얘길 해줄까. 난 가족과 만나지 않고 친구도 별

로 없어서 내 얘기밖에 할 게 없긴 한데 들어보겠니. 그렇
게 생각할 때 새들이 내 시야를 가로질러 날아갔다.

버스를 세번 갈아타고 공장과 가장 가까운 정류장에서
내렸다. 공장까지는 걸어서 이십오분쯤 걸린다. 나는 그
길을 좋아한다. 조금 돌아가게 되는 샛길로 빠지면 무궁
화길이 나오는데 평소보다 일찍 도착한 날엔 그 길을 걷
곤 한다. 그 길엔 높이가 3~4미터는 될 법한 무궁화나무들
이 빼곡하다. 왜인지 나는 어릴 때부터 무궁화를 좋아했
고 무궁화 씨앗도 좋아했다. 그 씨앗을 처음 봤을 때의 기
억이 아직도 남아 있다. 나는 마을 길가에서 주운 씨앗 하
나를 오랫동안 소중히 간직했었다. 완주에서는 무궁화축
제라는 것도 한다던데 가본 적은 없다. 축제라는 것……
그 길은 작은 축제를 열어도 될 만큼 길고 지금은 꽃도 모
두 만개했다. 축제라는 걸 하는 자리엔 한번도 가본 적이
없는데 축제에 모인 사람들이라고 해도 모두 행복한 건
아닐 것 같다고 생각하면 기분이 이상한 것 같다.

공장에서 키우는 검은 개의 이름은 가니. 사장님이 지은 이름이다. 공장엔 가니 외에도 다른 동물들이 많다. 사장님은 동물을 좋아하고 가니는 장과장 외의 모든 인간에게 무관심하다. 물거나 화를 내지는 않지만 도통 관심을 갖지 않는다. 사장님이 가니를 위해 이것저것 해보았지만 달라지지 않았다. 가니가 어떤 마음인지는 잘 모르겠지만 밥은 잘 먹고 똥도 잘 싸고 잠도 잘 잔다.

잘 있었니. 나 왔다.

가니는 내가 부르거나 지나갈 땐 눈길도 주지 않으면서 내가 다 지나가고 나면 날 힐끗 보곤 한다.

사무실로 들어갔더니 장과장이 다리를 꼬고 소파에 앉아 믹스커피를 마시는 자신의 모습을 고프로로 찍고 있었다. 그러다 내게 휴가가 어땠는지 물어왔지만 나는 달리 대답을 하지 않았다. 조만간 나는 침묵하는 캐릭터로 장과장의 중소기업 유튜브 채널에 재밌게 편집되어 올라갈 수도 있다. 나는 종종 장과장이 날 조금쯤은 이해할지도 모르겠다는 생각을 하곤 한다. 하지만 장과장이 날 이해하려면 나에 대해서가 아니라 장과장에 대해 이야기해야

할 것 같다. 하지만 나 역시 장과장에 대해 아는 것이 별로
없고.

　강주임은 언제부터 그렇게 말이 없었어요?
　진짜 궁금한 말투다. 장과장은 늘 나를 궁금해하지만
나와 말이 안 통한다고 한다.
　말을 안 했는데 어떻게 말이 안 통할 수가 있어요.
　박대리가 말했고
　그게 말이 안 통하는 거죠!
　장과장이 말했을 때 나는 문득 원경과의 마지막을 떠올
렸다. 아무튼 나는 장과장과 가까워질 생각도 사이가 틀
어질 생각도 없다. 하지만 이런 내 진심을 알아줄까. 최근
에 나는 묻는 말에 아예 대답을 하지 않는 일이 좀 는 것
같다. 그래서 종종 무슨 일이 있느냐는 질문 같은 걸 받게
되었지만 그건 내가 침묵했기 때문에 듣게 된 질문이어서
불편하지는 않았다. 대답을 하지 않는 건 쉬운 것 같지만
오히려 집중을 잘해야 가능한 일이다. 깜빡 집중이 흐려
지면 진실된 대답을 건네게 되기 때문이다.

자리에 앉아 컴퓨터를 켰다. 아홉시가 되기 직전에 사장님이 출근했다. 보리수열매를 잔뜩 따 와서는 들어오자마자 열매들을 씻었다. 새콤하니 맛있다면서 우리들에게 나눠주었다.

잘 먹겠습니다.

나는 보리수열매를 먹었다.

그때 준 황매실은 어쨌어요. 매실액 담갔어요?

아뇨. 한알, 두알 먹다보니 맛있어서 그냥 먹었어요.

그랬구만.

맛이 정말 좋았어요.

맛잘알 기주씨.

사장님과 대화를 주고받고 있는데, 입에 보리수열매를 한두알 넣은 장과장이 인상을 찌푸렸다. 앵두가 맛있지, 보리수는 맛없다면서 자리를 털고 일어났다. 나는 어릴 적에 앵두를 따 먹으려다 비탈에서 굴렀던 일을 떠올렸다. 크게 다치진 않았지만 풀숲을 짚고 일어날 때 뱀과 눈이 마주쳐 잠시 기절을 했었다.

아니 그런데 장과장, 웬 겨울바지예요?

아 그게…… 하필 여름옷을 다 빨아서 그만.

자세히 보니 장과장은 기모바지를 입고 있었다.

집에 건조기가 없나?

네.

동네에 코인빨래방 같은 건 있을 거 아냐.

그럴 생각을 못 했어요.

종일 덥겠군. 고생이야.

장과장이 자리로 가 앉았고 사장님은 그런 장과장을 안쓰러운 눈으로 바라보았다. 종종 장과장의 유튜브에는 저런 행동이 콘셉트가 아니냐는 댓글들이 달렸는데 내가 봐온 장과장은 정말 모든 여름옷을 다 빨아 기모바지를 입고도 남을 사람이고 그러니까 어떻게 보면 투명한 사람이라고도 할 수 있었다. 아무튼 그 뒤로는 각자 자기 할 일들을 했다. 휴가 동안 쌓인 메일들이 많았지만 익숙한 일이어서 안정감을 느꼈다.

다들 조용히 일을 했고, 평소보다 십분 일찍, 사장님이 자리에서 일어났다. 며칠 만에 머리를 많이 썼더니 일찍 배가 고파왔다는 것이었다. 오늘은 공장장까지 넷이 함께 오복식당으로 점심을 먹으러 갔다. 공장 뒤편에 있는, 매일 가는 식당이다. 외형은 허물어져가는 옛날 집이고 음식 맛이 좋은 곳. 장과장의 유튜브에 등장한 뒤로 손님이 많아져 골치가 아프다는 식당 사장님은 여기저기가 망가진, 갈대로 만든 발 너머에 누워 있었다.

아이고, 이거 미안합니다.

화들짝 놀라며 잠에서 깬 식당 사장님에게 사장님이 말했다.

열두시 십분 전에 자고 있을 거라곤 생각하지 못했어.

사장님이 말했다. 우리는 식당 사장님에게 기다리겠다고 말했다. 넷 중 아무도 담배를 피우지 않았지만 식당 앞 흡연구역에 여름 햇볕을 가릴 지붕과 의자 네개가 있었다. 들어오라고, 바로 들어오시라고 하기에 식당으로 들어갔다. 식당 사장님은 장과장의 기모바지를 보고 에어컨 바람이 가장 잘 드는 자리로 우리를 안내했다. 우리는 순두부찌개를 주문하며 우리가 일찍 온 것이니 오래 걸려도 상관없다고 말했다. 밑반찬과 밥이 먼저 나왔다. 양념해서 구운 김을 집어 먹으며 찌개를 기다렸다. 잠시 뒤엔 찌개와 함께 아침에 쑤었다는 도토리묵이 나왔다.

요즘 시대엔 직접 구운 김이 귀하지요.

도토리묵도요.

이거를 따로 팔 생각은 없어요?

사장님이 말했고 식당 사장님은 그럴 생각은 없다면서 배가 터질 때까지 더 먹으라고 하였다. 나 역시 고개를 끄덕이며 맛있게 먹고 있는데 상우에게 메시지가 왔다.

—나 파마했다.

—오, 궁금하다.

상우가 사진을 보내왔다.

—밥은 좀 먹었어?

—그건 아니.

—나도 어제 머리를 잘랐어.

—얼마나?

—어깨 정도.

—엄청 많이 잘랐네. 어때?

─난 마음에 들어. 넌?

─난 마음에 들지 않네.

그랬을 것 같았다. 나는 휴대폰을 주머니에 넣었다. 매
미 소리에, 에어컨 소리에, 기계 돌아가는 소리에 귀가 멀
지경인데 어떡하면 좋겠느냐는 공장장의 말에 사장님은
귀가 멀면 안 되지, 하며 골똘히 생각에 잠겼다. 더운데
기운 내시라며 식당 사장님이 오미자차 네잔을 가져다주
었다.

문호씨는 휴가인가요?

그냥 안 나왔어요. 바빠 죽겠는데 맨날 술 마시고 안 오
고, 뭐 어디 간다고 안 오고, 집에 일 있다고 안 오고.

그러셨구나. 그럼 이걸 다 혼자서.

나 혼자 이 정도는 하지요.

그러면은 이거를 팔 생각은 없나요.

오미자차를 맛본 사장님이 식당 사장님에게 물었다.

없어요.

이것두요?

더 바빠지잖아.

바보 같은 소리.

남들이야 어떻든 나 같은 사람은 너무 바쁘면 바보가 된다구.

식품공장을 하나 더 해볼까, 또다시 골똘히 생각에 잠긴 사장님에게 식당 사장님이 차 한잔을 더 가져다주었다. 얼음을 띄워 시원하고 상큼했다. 아쉬움에 입맛을 다시며 식당에서 나왔다. 공장으로 돌아올 때는 무궁화길을 지났다. 그 길을 지날 때 장과장이 캬, 하면서 엄청난 감탄을 내뱉었다. 내가 맞다고, 나도 그렇게 생각한다고 했더니 장과장이 갑자기 왜 이러냐고 하면서 공장으로 뛰어갔다. 저저, 기모바지를 입고 뛰면 더 더울 텐데. 사장님이 말했고 나는 앞을 보며 걸었다.

장과장이 뛰다가 멈춰 서다 했으므로 비슷하게 도착했다. 사무실 앞에서 넘어진 채로 일어나지 못하고 있는 장과장을 보았다. 장과장의 기모바지엔 가니의 배설물들이 잔뜩 묻어 있었다. 혹시 우는 거냐고 사장님이 물었고 인상을 잔뜩 쓴 장과장이 고개를 저으며 땅을 짚고 일어났다. 나는 상우에게 주려고 샀던 반바지를 사무실 책상 아래 두었다는 것을 생각해냈다. 깜빡하고 집으로 가져오지 않아 주지 못하고 넘어갔던 것이다. 장과장은 앞마당 수돗가에서 손을 씻고 가니의 배설물이 묻은 옷을 바라보고 있었다. 나는 장과장에게 반바지를 건넸다.

남자 옷이긴 한데요, 얼추 사이즈가 맞을 것 같아요.

장과장이 바지를 건네받았다.

사장님도 기주씨도 다르지 않았을 거야. 뭐 자기들은 달랐을 것 같아? 바지를 입어야 출근을 할 거 아냐. 상황이 그렇게 되어서 겨울바지라도 입고 온 거고, 가니한테 인사를 좀 하려다 미끄러졌을 뿐이야. 그런데 기주씨, 나 좀 찍어줄 수 있어?

사장님과 공장장은 기주씨의 반바지가 있어 참 다행이라며 각자 자기 자리로 돌아갔고, 나는 바지를 갈아입은 장과장이 수돗가에서 손빨래를 하는 모습을 찍어주었다. 가니와 물놀이를 하고 싶다고 크게 말하고는, 일하기가 싫다고 소곤거리면서 참 오래 빨래를 했다.

해가 지지 않은 저녁. 퇴근 시간을 조금 앞두고 있었다. 오늘은 종일 공장 주변으로 매미 울음소리가 가득했고 닭들은 지쳐 있었다. 올봄에 공장에서 병아리들이 태어났다. 퇴근을 하고 집에서 쉬고 있었는데 밤에 사장님으로부터 연락이 왔다. 부화가 시작될 것 같다는 것이었다. 나는 공장으로 다시 가서 병아리들이 태어나는 것을 바라보았다. 여기까지 어떻게 다시 오냐고, 동영상을 찍어둘 테니 내일 보라고 하는 것을 택시를 타고 직접 가서 보았다. 병아리들은 안에서 톡톡톡 부리로 알을 깼다. 어떻게 아는 건지, 일자로 금을 내면 어느 순간 쫙 하고 갈라졌다. 먼저 알을 깨고 나온 병아리들은 어리둥절한 표정으로 다른 알들 사이사이를 걸어 다녔다. 갓 태어나 온몸은 젖어 있고 다리엔 힘이 없었지만 아름다웠다.

금세 활기차질 거야.

사장님이 말했고, 이제 그 병아리들은 거의 다 커서 공장 뒤편 작은 숲을 누빈다. 수십그루의 과일나무와 잉어들이 사는 연못, 채소들이 자라는 밭에서 채소를 뜯어먹거나 걸으며 시간을 보내다가 때가 되면 알아서 제 집으로 돌아온다. 그럴 때마다 왜인지 어머니가 떠오른다. 나는 어머니가 조금 보고 싶었다. 어머니가 내게 집을 떠나라고 했던 것은 진심이었을까. 어머니를 떠올리자 누구도 내게 말을 걸지 않았는데도 침묵하는 듯한 기분이 들었다. 정신을 차리고 하루를 정리했다. 외근을 나가느라 먼저 퇴근을 하는 장과장이 내 책상에 명인이 만든 김부각 한봉지를 올려두었다. 김부각에 중독된 장과장이 쌓아두고 먹는 꽤 비싼 것이었다.

아까는 괜히 한 소리고, 난 오늘 정말 강주임이 고마웠어요.

장과장이 말했다. 장과장의 유튜브 영상에 내가 준 반바지와 내게 준 김부각이 나올 것 같다.

집으로 돌아오는 길에는 네 정거장을 더 가서 내렸다. 좀 걷고 싶었다. 꽤 오래 산 동네인데 아직 마음에 드는 산책로를 찾아내지 못해서 이런 방법을 쓰고 있다. 집에 돌아와야 하니까 그저 걸을 수밖에 없다. 네 정거장이나 더 가서 내리는 날은 흔치 않지만 오늘은 그렇게 했다.

날이 너무나도 더워서 갓 태어난 병아리처럼 온몸이 흠뻑 젖은 채로 집에 도착했다. 샤워를 하고 잠시 눈을 붙였다가 열시가 넘어 일어났다. 나는 집 앞 편의점에 갔다. 밤시간인데도 아직 밝은 느낌이 들었다. 바나나와 솜사탕을 샀고 계산을 하는 사장님의 표정이 유달리 밝아 보였다.

좋은 일 있으세요?

응, 있어요. 기주씨, 이 동네에 연기학원 있겠지요?

네. 아주 가까이에.

가까이에?

네.

새로 생겼어요?

옛날부터 있었어요.

없어진 거 아닌가?

좀 전에도 봤는걸요.

나는 편의점 앞 파라솔에 앉아 바나나와 솜사탕을 먹으면서 아무 생각 없이 맞은편 아파트 주차장을 드나드는 차량들을 구경했다. 나오는 차는 두대, 대부분의 차들이 주차장으로 들어갔다.

내 어머니는 뭘 하고 있을까. 그때와는 좀 달라졌을까. 밤 열시에도 동네를 돌며 주울 수 있는 모든 것을 줍고 있을 것 같다. 간절한 마음일 것 같아 조금 애처롭고 아름다운 향이 나는 로션들을 바르면서 쉴 것 같아 다행이라고 생각할 때 에쿠스 두대가 편의점 앞에 멈춰 섰고 곧이어 또다른 에쿠스 한대가 내가 앉아 있는 파라솔 바로 뒤에 멈춰 섰다. 세대의 차에서 내린 남자들은 휴대폰과 서로의 얼굴을 번갈아 보며 짧은 대화를 나누는 듯했다. 나는 투명한 유리창 너머로 그들 중 한명이 편의점 사장님과 대화를 나누는 모습을 바라보았다. 사장님은 좀 전의 활기찬 표정은 온데간데없이 좋지 않은 표정을 지으며 고개를 흔들었다. 아니라고, 안 된다고, 모른다고, 싫다고, 그런 말을 할 때 짓는 표정이었다. 나는 불안하여 그의 인상착의와 차량번호를 메모했다.

그는 편의점에서 나온 뒤에 자신의 에쿠스 앞에서 담배를 피우며 종종 고개를 가로저었다.

어떻게 될지 몰라. 아무튼 아빠 금방 갈게.

통화를 마치고도 고개를 저었다. 그사이 서너명의 손님

이 편의점을 다녀갔다. 나는 이제 아파트 주차장을 드나드는 차들 대신 편의점을 드나드는 사람들을 보고 있었다. 이미 바나나와 솜사탕을 다 먹은 뒤였지만 혹시 모를 상황에 대비해 그 자리를 떠나지 않았다. 내가 메모를 시작하고 이십팔분이 흘렀을 때 편의점 물류 배송 차량이 도착했고 그제야 그것이 빵 때문이었다는 것을 알았다. 편의점 안으로 들어간 여섯 사람 중에서 두 사람만이 빵을 들고 나왔던 것이다. 아이와 통화를 했던 남자는 빈손이었지만 나는 그 아이가 조금 부러웠다.

매미가 장난 아니지요?

밖으로 나온 사장님이 말했다.

네, 매미들이지요.

대답을 하며 메모를 삭제했다.

기주씨, 나 연기학원에 다닐까 하는데 어떻게 생각해요?

좋다고 생각하죠.

재밌을 것 같아서요.

그러니깐요.

나도 맡을 수 있는 역할이 있을 것 같아요. 아무튼 주말에 폭우 예보가 있으니 집단속 잘하고요.

사장님도요.

오래 걸릴 거라고 생각하고 시작하는 거예요.

네?

난 그렇게 생각해야 마음이 편하니까.

네.

오래 걸릴 거라고 생각하는 것. 학교를 다시 다녀보고 싶다는 생각을 하며 일어섰다.

7

토요일 오전부터 비가 조금씩 내리기 시작했다. 나는 윗집으로 가서 열려 있던 창문을 닫고 문단속을 했다. 그리고 소주 한병과 소주잔 두개, 장과장이 준 명인이 만든 김부각을 방 한가운데에 두고 나왔다. 내 집으로 돌아와서는 손바닥만 한 걸레로 방바닥을 닦고, 딱딱한 솔로 욕실 타일까지 닦아냈다. 그러고도 시간이 남기에 무작정 집을 나섰다.

아무렇게나 버스와 지하철을 갈아탄 것 같지만 그런 건 아니었다. 처음엔 태어나 한번도 하차하지 않은 역에서 내렸으나 갈아타면서 한번은 가본 지역을 향했다. 그러다 내린 곳이 아차산역이었다. 사람들이 북적이는 쪽으로 나와 주변을 둘러보았다. 하늘이 흐린 것 말고는 특별할 것 없는 풍경이었다. 상우가 후쿠오카에 살던 시절에 함께 아차산 등반을 한 적이 있었다. 후쿠오카엔 없거든, 하면서 아차산 근처에서 누군가와 만나 물건 거래를 했었다. 자동차 관련 용품이었던가, 그가 뭘 샀는지는 기억이 잘 나질 않지만 여기까지 왔는데 그냥 가긴 좀, 하면서 아차산을 올랐던 건 기억난다. 당시 나는 등산을 하기엔 좀 불편한 옷차림이었지만 달리 방도가 없어 그대로 산을 올랐다. 평일 낮이었고 사람이 거의 없어 산책을 하듯 천천한 걸음이었다. 고개를 돌리면 보이는 절벽에선 소방대원들이 훈련을 하고 있었고 우리는 햇살을 맞아가며 정상까지 산을 올랐다. 산에서 내려와서는 칼국수를 먹었는데 식사를 할 때는 웬만하면 한마디도 하지 않는 사람이구나,라는 걸 알 수 있었다. 그런 걸 하나 알게 되었던 그날은 구름 한점 없던 봄이었고, 그 기억 속의 나는 왜인지 많이 웃고 있었던 것 같다.

그로부터 얼마 뒤 상우는 평택에서 또 물건을 거래한다며 내게 다시 만나자고 했다. 그날 그를 만나지 않았다면 어떻게 되었을까. 그래도 우리 두 사람은 지금 같은 사이가 되었을까. 나는 그날을 떠올리며 횡단보도를 건너 골목으로 들어갔다. 부동산 유리벽에 붙은 시세를 괜히 훑어보는데, 문이 열리면서 주인이 나와 내게 말을 걸어왔다.

집 보시게요?

아, 아뇨. 그냥……

그냥 보셔도 돼. 따뜻한 커피 한잔 줄게, 들어와요.

아, 아녜요. 다음에 올게요.

나는 마치 목적지가 있는 사람처럼 골목 안으로 들어갔다. 그냥 볼걸 그랬나, 보고 있었으면서 왜 난 아니라고 했을까. 우연히 들른 이곳에서 우연한 계기로 살게 될 수도 있잖아. 인생이란 그렇던데. 알 것 같으면서 알 수가 없던데.

기주야. 계속 그렇게 살면 넌 결국 혼자가 되고 말 거야. 그러고 싶어? 상우의 목소리가 떠오른다. 혼자가 된다고?

그렇지만 난 이미 혼자야. 그렇긴 한데 지금 내가 한 말이 그런 의미가 아니잖아.

나는 상우의 말을 떠올리며 빙수집에 들어가 빙수를 먹었다. 그럼 어떤 의미? 좀 전까진 따뜻한 커피가 마시고 싶었는데 나도 모르게 빙수를 먹고 있었다. 이곳에 새 집을 얻어 살게 되면 언젠가 원경에게 그때는 이사를 하느라 정신이 없어서 답을 하는 걸 놓쳤다고 말할 수 있을 것 같다. 유리창 밖으로 지나는 사람들을 보았다. 대부분의 사람들이 우산을 쓰지 않고 지나갔다. 부동산 앞에 우산을 세워두고 왔다는 것을 깨달았다.

부동산으로 돌아가야겠다고 생각할 무렵 비가 세차게 쏟아지기 시작했다. 나는 빙수집 냅킨 몇장을 손에 쥐고 부동산을 향해 뛰었다. 사람들을 피해 뛰는 것은 쉽지 않아, 마음은 뛰고 있지만 사실상 조금 빨리 걷는 것에 지나지 않았다. 온몸이 홀딱 젖은 채로 부동산 문을 열고 들어갔다.

아이고, 다 젖으셨네. 집 보시게요?

아, 아뇨. 제가 여기 우산을 두고 가서요.

우산?

네. 혹시 이 앞에 세워둔 우산 못 보셨나요.

못 봤는데.

검은색인데.

글쎄, 난 못 봤어요. 밖에다 뒀으니 급한 사람이 가져갔겠지. 비가 갑자기 쏟아지니까.

나는 대꾸하지 못하고 부동산에서 나와 빙수집에서 가져온 냅킨으로 머리칼과 얼굴을 닦아냈다. 일분쯤 지났을까. 비가 그치고 해가 났다. 이제 장마라는 단어가 사라질 것이라는 행인들의 말을 들으면서 아차산역 근처 골목길을 돌아봤다. 사람들이 우산을 접으며 지나갔고 전봇대 아래 쌓인 박스 더미 앞에선 허리가 굽은 노인이 박스에 붙은 테이프를 떼어내고 있었다.

SAD가 아니라 BAD야. S가 아니라 B. 알지?

상점 간판을 가리키는 여자의 말에 빨간 모자를 쓴 아이가 고개를 끄덕였다.

이게 비에 젖으면 무게가 더 나간다. 그럼 몇십원씩 더 버는 거야. 어머니, 우리 이제 작지만 전셋집을 얻을 수도 있을 것 같아. 함께 살자. 그게 그렇게 싫으면 이불이라도 새로 사자. 이불이 있는데 뭐 하러 사. 어머니, 지금은 옛날이 아니야. 이 이불은 이제 못 쓰는 이불이잖아. 그래, 기주야. 그래서 이러는 거란다. 답답한 말만 반복되던 그날의 대화와 긴 장마. 나와 멀어지는 것이 나에 대한 어머니의 사랑이었을까. 나는 잘 모르겠다.

가끔은 차라리 내가 어머니고 어머니가 내 딸이었으면 좋겠다는 생각을 하기도 했다. 그러다 내가 모르는 어머니의 인생을 여러 버전으로 추측해보곤 했는데, 역시 내게 여분의 사랑까지 줄 힘이 없었을 것 같다는 생각이 들면 어머니에게 조금만 더 사랑해달라는 식으로 했던 행동들이 죄책감이 되어 돌아오곤 했다. 어머니로서는 최선을 다했던 것이 아니었을까. 하지만 나는 너무 외로웠잖아. 그래, 내가 가장 잘하는 것이 이런 혼란스러운 마음을 오가는 것이지. 나는 비에 젖은 어머니의 목소리와 로션 냄

새를 그리워하며 걸었다. 무엇 하나 제대로 아는 것 없이 길거리를 걷고 있는 젖은 나를 유리문에 비춰보면서.

어머니와 할머니에게 가보고 싶다. 할머니가 살아 계신지 어머니가 살아 계신지 한번 보고 오고 싶다. 누가 어떻게 보든 자신이 원하는 인생을 살고 있는지, 아니면 안 되는 걸 바란 대가로 괴로워하면서 살고 있는지 몰래 보고 오고 싶다. 어머니를 보고 난 뒤의 나의 표정을, 세배 커 보이는 확대 거울로 한번 보고 싶다.

내 앞을 지나간 버스는 수십대. 나는 어느 버스도 타지 못하고 하염없이 땀을 흘리며 인상만 쓰고 있었다. 지금 이 순간엔 누구도 나를 원하지 않고 지켜야 할 약속 같은 건 없었으므로 내가 원하는 것만을 생각하며 하염없이 있는 것이 가능했다.

어느 정도 몸이 말랐다. 나는 370번 버스를 타고 한시간가량 달려 광화문에서 내렸다. 이렇게 많은 사람들이 모여 있는 것을 오랜만에 봐서 머리가 어질어질했다. 내린 곳의 버스 정류장 벤치에 다시 앉아서는 한낮의 광화문우체국과 일민미술관을 바라보았다.

버스에서 내 옆자리에는 머리가 긴 남자가 앉아 있었고 그의 동행이 의자 손잡이를 잡고 그를 내려다보며 내내 이야기를 나누었다. 이십분쯤이 지날 무렵에는 자리를 양보하고 싶어질 정도였다.

여기 앉으시겠어요?

아, 내리시나요?

그건 아니에요.

아, 그럼 괜찮아요. 저희 곧 내려요.

하지만 그들은 내가 광화문에서 내릴 때까지 버스에서 내리지 않았다. 탈 때부터 외계인이 있는지 없는지에 대한 대화를 나누던 두 사람은 버스가 종로를 지날 무렵 마침내 '있다'는 쪽으로 결론을 냈다. 이론적으로 그렇다는 것이었다. 나는 이미 외계인이 없다는 쪽으로 결론을 냈는데 그들의 대화를 들은 주변 승객들도 조그맣게 "외계인은 당연히 있지"라거나 "사실상 우리도 외계인이라고 볼 수 있어"라고 하기에 풀이 죽었다. 머리가 무거워진 나는 손바닥으로 머리를 받치고 한동안 생각에 잠겼다. 그러다 남아 있는 생각들을 비우고 싶어 눈을 감았다.

잠에서 깼을 때 나는 여전히 광화문역 버스 정류장 벤치였다. 꿈에서는 건드려선 안 되는 거북이를 누군가 건드리는 바람에 큰 분란이 있었다. 나는 분란을 일으킨 사람 중 누구도 말릴 수가 없었고 되레 어떤 한 여자가 날 말리기에 발로 차버렸으나 여자는 꿈쩍도 하지 않았다. 나는 그 여자에게 다가가 무릎을 꿇었으나 소용이 없었고 그 뒤로 식음을 전폐하고 말았다. 그렇게 열흘을 굶은 뒤에 먹은 음식이 상한 음식이었다는 것을 알고는 다시는 굶지 말아야지, 굶으니까 이런 일이 생겼잖아, 굶은 뒤에 음식을 먹을 때는 더 조심을 하자, 이불을 감싸 쥐고 혼잣말을 하는 괴로운 꿈이었다. 꿈이었지만 실제처럼 머리가 아파왔고 이 정도의 기분은 내 의지로 해결될 것 같지 않다는 걸 경험으로 알았다. 휴대폰으로 포대기를 검색해서 망고와 튤립이 그려진 포대기를 구경했다. 나는 오래갈 것 같은 괴로운 마음이 들면 귀여운 포대기를 구경하는 습관이 있었다. '귀여운 포대기가 참 많구나'라는 생각을 하며 두시간 넘게 버스를 타고 고향에 도착했다.

오래된 육교는 여기저기 깨지고 부서져 위험해 보였다. 삼분 정도 거리에 횡단보도도 있지만 나는 그 육교를 건너 반대쪽으로 갔다. 육교가 처음 생기고 친구들과 다 같이 육교에 오를 때는 누군가 나를 밀어버릴 것 같아 다리가 후들거려서 오르내리는 데 많은 시간과 마음을 쓰곤 했다. 나는 폭이 좁은 육교 계단을 내려와 오른쪽 길로 들어섰다. 그 길로 얼마간 걸어 들어가면 거리의 또다른 모습, 또 얼마간 걸어 들어가면 또다른 모습이 나온다. 안으로 들어갈수록 오래된 모습. 오랜 시간을 지나온 만큼 모든 것이 자기 자리에 있는 듯이 정돈된. 나는 그런 걸 보는 게 좋았다.

안녕하세요?

어디선가 활기찬 목소리가 들려왔다. 나는 뒤를 돌아보았고 아무도 없기에 좌우를 살폈다. 왼쪽 골목에서 한 노부부가 다가왔다. 주위엔 나밖에 없었다.

안녕하세요?

할머니가 커다란 눈을 깜빡이며 다시 내게 말했다. 좀 전의 목소리와 같은 목소리였다. 할머니는 빛이 바랜 듯한, 챙이 넓고 머리에 딱 맞는 연보랏빛 모자를 쓰고 있었다.

네, 안녕하세요.

안녕하신 거 맞아요?

네?

가끔 아닌데 맞다고 그러는 사람 있거든요?

나는 무슨 말을 해야 할지 몰라 가만히 있었다. 안녕하기도 하고 할머니 말처럼 안녕하지 않기도 해서 난감했다. 그때 할아버지가 미안해요, 아파서 그래요,라고 말했다. 할머니는 할아버지의 손길에 이끌려 그대로 나를 지나쳐가면서 무릎에 올려두었던 노란 담요를 떨구었다. 그리고 고개를 끝까지 돌려 나를 바라봤다. 떨어진 담요는 쳐다보지 않고 나를 왜 그렇게 빤히……

그제야 나는 할머니를 알아보았다. 할머니는 모르는, 아프다는, 노란 담요를 떨군 할머니가 아니라 어머니의 친구였다. 내 어머니가 나를 워낙 늦게 낳았으므로 나이로 보면 할머니라 부르는 게 이상하지는 않기도 했지만 아무튼 할머니는 어머니의 친구. 이름은 황선아. 나는 황선아라는 이름을 기억했다. 어머니는 늘 내게 황선아가 줬다면서 감자 같은 제철 채소와 향긋한 과일들을 가져오곤 했다. 선아야, 선하야? 물으면 너 좋을 대로 생각해,라고 말하던 어머니의 목소리. 나는 선아라고 정한 다음 다시 어머니에게 황선아야, 왕선아야? 묻곤 했고 어머니는 다시 너 좋을 대로 생각해, 하곤 했다.

엄마, 좀 정해줘. 좋을 대로 생각하기가 어려워. 무엇이 좋은지 모르겠단 말이야.

사실은 엄마도 몰라.

황선아 아주머니는 1년 내 큰 평수의 밭에서 채소들을 키우고 과일나무를 돌봤고 어머니는 자주 그 일을 돕고 일당을 받았다. 물론 나도 그 밭에 가본 적이 있다. 몇몇 사람들은 공부를 시켜야지, 아이한테 왜 일을 시키느냐고 나무랐고 또 몇몇 사람들은 공부를 잘 해도 문제일 거라고 했다.

전 재미있단 말이에요!

까매진 얼굴로 내가 소리치면 웃던 어른들. 나는 엄마와 함께 무언가를 하며 시간을 보내는 것이 좋았다.

못생긴 걸로 가져와. 그런 걸 줘도 돼.

어머니가 황선아 아주머니에게 말하면 황선아 아주머니는,

그런 건 내가 먹으면 돼. 예쁜 걸 먹여.

하면서 내 눈을 바라보곤 했는데 나는 그럴 때마다 영문도 모른 채 터져나오려는 울음을 참아야만 했다. 어머니가 검은 봉지 가득 채소를 담을 때에도 황선아 아주머니는 집으로 들어가 과자나 요구르트를 가지고 나와 내 몫으로 넣어주곤 했다. 울음을 참아낸 나는 저 집은 정말 어쩌면 좋아, 사람들의 말을 곱씹게 되는 것이 싫어서 큰 목소리로 노래를 부르면서 집으로 돌아오곤 했고 어머니는 나를 깨끗하게 씻겼다. 야간 일을 나가기 전엔 다른 상추는 다 싫은데 황선아의 상추는 늘 맛있다고, 맛이 다르다고 하면서 연한 상추를 여러겹 겹친 다음 밥을 조금 넣어 내 입에 넣어주곤 했다. 그러면 나는 그것을 새처럼 받아먹곤 했다. 어머니는 할머니 입에 한번, 내 입에 한번 넣

어주길 반복했고 세번씩 넣어준 다음에야 자신의 입에 한 번씩 쌈을 넣었다. 상추 철이 지나면 김에 싼 밥이 입안으로 들어왔다. 대체로 그렇게 먹고 자랐는데 늘 맛있었다. 그리고 이곳을 떠나고 한참 뒤에야 맨김에 싼 밥은 별맛이 없다는 걸 알게 된 것 같다.

나는 멀어지는 황선아 아주머니의 뒷모습을 바라보다가 담요를 주워 어머니와 할머니가 사는 집으로 갔다. 집은 그대로였다. 베개 밑에 두고 자던 망치를 양손에 들고 휘두르면 어렵지 않게 무너질 것 같은 모습. 그렇지만 단정하게 정돈된 현관과 집 앞 거리. 아마도 현관문 앞에 무성했을 잡초들과 거리를 굴러다녔을 작은 돌들과 쓰레기들은 모두 어머니가 정리했을 것이다. 눈부신 여름 햇살을 받고 있는 그 집의 풍경이 낯설었다. 그 안에 있을 때는 몰랐던가. 모르겠다. 오랜만에 바깥에서 바라보니까 마치 화질이 매우 좋은 옛날 사진을 보는 듯했다. 저기서 어떻게 살았을까. 나는 목이 말라 이온음료를 사 마시면서 내가 살던 집을 몰래 지켜보았다. 그간 공공기관으로부터 다른 연락이 오지 않은 것을 보면 아마 어머니와 할머니는 살아 있을 것이었다. 문이 열려 있을 것으로 확신했고 집엔 어머니가 없을 것으로 확신했기 때문에 나는 집으로 들어갔다. 누워 있던 할머니와 눈이 마주쳤다. 한쪽엔 전에 없던 벽걸이형 에어컨이 설치되어 있었다.

화장실에 다녀온 다음 대충 만들어놓은 작은 싱크대에서 손을 씻으며 뒤를 돌아보니 할머니는 여전히 나를 바라보고 있었다. 나는 아무 말도 하지 않았다. 할머니는 황선아 아주머니처럼 눈을 깜빡깜빡했다. 나는 괜히 서랍장을 열었다 닫아보았다. 내 물건은 전혀 없었다. 집을 떠날 때, 다신 오지 않을 것처럼 작은 물건 하나 남기지 않았었다. 나는 손바닥만 한 어머니의 수첩을 주머니에 넣고 지갑에 있는 현금을 모조리 꺼내 할머니의 눈앞에 내려놓았다. 할머니의 눈이 커지는 것을 보고는 놀라서 집을 뛰쳐나와 단숨에 버스 정류장을 향해 뛰었다. 나는 왜 놀란 거지. 대체 왜. 주말이어서 버스 정류장엔 서울로 나가는 많은 사람들이 있었다. 어디선가 좋은 냄새가 났다.

야, 이거 뭐야? 냄새 좋다.

좋지?

응, 나도 뿌려줘.

와, 진짜 좋다.

그래서 비싼데 샀잖아.

사람들의 이야기를 듣다가 일곱대의 버스를 보냈다. 해는 쉽게 지지 않고, 나는 다시 집을 향해 걸었다. 얼마쯤서 있었을까. 어느 순간 이제 해가 지려나보다 생각할 때어머니가 나타났다. 어머니는 자갈이 깔린 주차장 끝에리어카를 주차하더니 쭈그려 앉아 담배를 피웠다. 매미울음소리와 여름 바람에 담배 연기가 모두 실려갈 무렵엔초등학생으로 보이는 아이 셋이 리코더를 불면서 어머니의 집 앞을 지나갔다. 어머니는 아이들을 바라보며 웃고있었다. 웃는 어머니를 보자 안도감이 들면서도 문득 억울했다. 우리는 사실 누구보다 잘 웃을 수 있는 사람이지않았을까.

내게는 부당한 일을 겪거나 무언가 억울한 감정이 들

때마다, 그 끝에 아버지를 떠올리는 습관이 있었다. 인정하기 싫지만 간혹 내 유년의 경험과는 별개의 일이었거나 단순히 내 잘못인 일이었을 때도 그렇게 되곤 했다. 그동안 나는 누군가 가족에 대해 물어올 때마다 어려운 환경 속에서 자랐지만 부모를 원망하진 않는 척을 했던 것 같다. 내가 가진 구김살이 티가 날까 두려웠고 성숙하지 못한 인간이라는 평을 듣고 싶지 않았다. 사실 나이가 들수록 점점 더 화가 나기도 했으면서 그렇게 했다.

어릴 적에 나는 잠자리에 들기 전에 식칼과 망치를 베개 밑에 깔아두곤 했고 그 덕에 매일 딱딱하고 울퉁불퉁한 느낌의 베개를 베고 잤다. 정말 목숨이 위험한 상황이 되면 그것들을 휘두를 생각이었다. 건강하게 태어났는데 왜 날 아프게 했던 걸까. 왜 그 기준을 목숨에 두었을까.

그때 나는 그저 어린아이였고 아무것도 잘못한 게 없었는데 매우 자연스럽게 죄인처럼 굴었다. 동네에서 기피 대상이라는 것을 무의식중에 알았던 것 같다. 한가지 신

기한 것은 가끔 내 아버지가 자신도 피해자라며 슬퍼하곤
했다는 것. 나는 제발 그게 사실이기를 원했지만 역시 아
닌 모양이었다. 아무튼 나는 일종의 균형을 맞추기 위해
동네를 다닐 땐 길가에 버려진 쓰레기를 줍기도 하고 무
거운 짐을 든 노인들과 친구들의 가방을 나서서 들어주었
으며 언제나 밥을 부족하게 먹으면서도 울지 않았다.

그때 난 아버지와 내가 다른 사람이란 걸 스스로 알아
차리기에는 너무 어렸어. 그냥 이 집에 태어난 게 죄라고
생각했지. 옆집 아주머니가 내게 그렇게 말한 뒤로는 그
말이 정답이라 생각했거든.

⋯⋯나도 너와 똑같았어.

내 어린 시절은 원경과 내가 가까워질 무렵 가장 크게
공유했던 이야기였다. 명절 즈음에 가진 모임에서 한 사
람이 가족에 대해 묻기에 대충 짧게 말했던 것이 시작이
었다. 돌아가며 명절 계획을 말하던 중, 대충 바빠서 못 갈

것 같다고 얼버무리던 내게 그 사람이 기주씨는 안 바쁘지 않느냐며 무슨 사정인지를 집요하게 물어왔던 것이다. 나는 그런 상황이 익숙했고 내가 나에 대해 말했을 때 돌아오는 반응도 어느 정도 예상하고 있어 끝까지 얼버무리는 쪽이었는데 이상하게 그날은 그럴 에너지가 없어 사실대로 말해버렸던 것 같다.

원경아, 왜 울어.

누군가 원경에게 말했다. 맨 끝에 앉아 있던 원경이 조용히 울고 있었다. 나는 놀라서 미안하다고 말했다. 다음 날 원경으로부터 따로 한번 만나자는 연락이 왔고 우리는 울면서 웃었으며 서로 놀라울 정도로 빠르게 가까워졌다. 위로라기보다는 이해를 받은 느낌이었고, 원경과 가까워진 뒤로는 삶이 외롭다는 생각을 해본 적이 없었던 것 같다.

그리고 이미 지난 일에 대한 내 생각이나 감정이 때에 따라 바뀌곤 한다는 것. 대부분의 날들엔 아무 생각이 없지만 어떨 땐 나조차 나 자신을 이해하기도 하고 이해하

지 못하기도 한다는 게, 나 자신을 사랑하기도 하고 미워
하기도 한다는 게 너무.

　그러니까 이런 모든 생각들이 때로 무의미하다고 느껴
지기도 하는 이유는, 종종 무엇도 바라는 것 없이 마음이
좋을 땐 지난 일들과 현재의 나 사이에 별다른 연관이 없
다고 생각한 적도 있기 때문이다. 하지만 그럼에도 변하
지 않는 사실은 이미 일어난 일은 영원히 그때 그대로라
는 것. 나는 어떤 일을 같이 경험한 사람들의 기억이 모두
다른 걸 볼 때마다 사실이라는 것이 정말 존재하긴 하는
것인지 종종 의문이 들고는 했다.

8

나를 충분히 미워하고 원망할 법한 사람이 나를 사랑할 땐 어떻게 해야 하지. 나라도 미워해야 하나.

맞춤법 하나 틀린 곳 없는 공들여 쓴 글씨. 집에서 멀리 떨어진 야외 까페에서 어머니의 글을 읽었다. 여름의 밤 바람이 불어올 때 옆 테이블에 앉은 남자와 여자가 유리잔을 깨뜨렸다. 두 사람은 서둘러 일어나 깨진 유리조각들을 치우려고 했다. 쏜살같이 나타난 점원이 자신이 치우겠다며 빗자루와 손으로 유리조각들을 쓰레받기에 담았다. 점원이 자리로 돌아가고 두 사람은 서로의 손과 발을 살피며 다친 곳이 없느냐고 물은 뒤 곧 자리에서 일어 났다. 나는 테이블 아래, 점원이 미처 발견하지 못한 유리 조각 하나를 물끄러미 바라보았다. 그리고 그것을 주워 냅킨에 감쌌다. 어머니에 비해서 너무 고운 것 같은 내 손. 가만히 어머니를 생각하면 꼭 내 어머니여서가 아니라 모 르는 사람이라 해도 마음이 조금 아프다.

나도 어릴 땐 잘하는 게 많았다. 지금은 이렇게 사니까 어디 가서 말하지 못하지만 어릴 땐 동네에서 가장 예뻤고 가장 똑 똑했다. 어쩌다 이렇게 되었을까.

아이들이 담배를 피우던 어머니 앞으로 지나가며 리코 더를 불 때 보았던 어머니의 미소를 떠올린다. 리코더라 면 자신이 있었으므로 집으로 돌아오는 길에 문구점에 들 렀다. 집 근처에 새벽까지 여는 문구점이 있다. 문구점 주 인은 그냥 눈을 뜨면 문구점을 열고 졸리면 문을 닫는다 고 했다. 새벽 두시 반에도 그곳이 열려 있는 것을 본 적이 있었다.

뭐 찾아요?

아, 제가 찾아볼게요.

찾아줄게요.

그럼 리코더 있나요.

있지요. 아이 준비물을 놓칠 뻔했군요.

전 아이가 없어요.

그래요?

네. 한번도 아이를 낳아본 적이 없어요.

아니 그럼 자기가 불려고?

네. 어머니가 리코더 소리를 좋아하세요.

아이고, 따뜻하기도 하지.

따뜻한가요?

돌아가신 어머니 그리운 거 아녜요?

아녜요. 살아 계세요.

그래요?

네. 좀 전에도 담배를 피우시는 걸 보고 오는 길이에요.

그러시구나. 그럼 좀 싸게 줘야지.

문구점 주인은 내게 거스름돈을 천원 주려다가 이천원

을 주었다. 다시 돌려주려고 했지만 한사코 받지 않고 내게 어서 가라고 했다. 나는 어찌할 바를 모르고 엉거주춤하다가 감사하다고 인사를 하고 어두운 골목을 지나 집을 향해 걸었다. 집 앞에서, 윗집에 불이 켜 있는 것을 보았다. 집주인이 들른 것인지, 종일 바깥을 떠돌다 돌아온 사이 새로운 세입자가 들어온 것인지는 모르겠다.

영자가 담배를 피우지 말라고 한다. 불이라도 나면 어쩌려고 그래. 책임지지도 못할 거면서. 그 말이 계속 맴돈다. 그렇지. 나는 나 자신도, 내가 낳은 자식도 책임지지 못했지.

어머니의 글을 읽다가 티브이를 틀었다. 동물들이 나오는 티브이. 사바나에서 살아남으려면 자신만의 자리를 찾아야 합니다. 성우의 목소리가 지나가고 나는 엎드려서 계속 어머니가 쓴 글을 읽었다.

영자가 들렀다. 할머니 아직 치매는 아니시지? 치매면 이 집에선 더 못 살아. 눈에 힘을 주더니 집에 바퀴벌레가 생기지 않았느냐고 하면서 집 구석구석을 살펴보았다. 역시 깔끔하셔. 영자에게 인정을 받으려고 청소를 하는 건 아니지만 아무튼 영자 덕에 이 돈으로도 여기 산다.

영자는 어머니 집의 주인으로 20년 넘게 그 집에 사는 동안 한번도 월세를 올리지 않은 건 물론이고 올 때마다 반찬을 해오곤 했다. 제철 생선을 굽거나 쪄오고, 전복죽, 삼계탕, 곰국 같은 좋은 음식을 우리는 영자 아주머니 덕에 맛보며 살았다.

어머니 허리에 깨끗한 비닐 같은 것을 깔고 뜨거운 수건을 올려둔다. 아픈 사람이니까 그러는 것이다. 한때 어머니는 눈만 뜨면 죽고 싶다고 말하곤 했는데 이제는 눈만 끔뻑거린다. 요즘 젊은 사람들은 다들 혼자 잘 사니까 기주도 잘 살고 있을 거라 믿는다.

사야 하는 것들을 적어둔 포스트잇을 구겨 쓰레기통을 향해 던지면서 글을 쓰던 어머니의 표정을 떠올렸다. 잘 생각이 나질 않아 공을 들여야 했다. 구겨진 포스트잇은 던지는 족족 쓰레기통 옆으로 떨어졌다.

이제 네 삶을 살아. 나를 책임지지 마, 기주야.

내게 늘 이 집을 떠나라고 말하던 어머니의 목소리. 내가 어찌할 수 없었던 유년 시절 이후, 엄마와의 사이라도 끈끈하길 바랐지만 불가능했다.

난 어머니와 할머니를 책임지지도, 포기하지도 않았어. 왜 자꾸 내가 하고 싶은 걸 하지 말라는 거야. 난 가족과 함께 살고 싶어, 엄마.

대답을 하고 나면 어머니는 아무 말도 하지 않았다. 그럴 때마다 나는 어머니의 진심이 무엇인지 알 수가 없어 불안했고 혼란스러웠다. 어머니에게도 행복이 있었을까. 누군가에게, 혹은 어딘가에, 아주 조금이라도 있긴 했을까.

우리는 이제 아무 쓸모가 없다.

내가 너무 사랑하는 사람은 이런 글을 쓰는구나.

──한국엔 한식이란 것이 있잖아. 찬밥을 먹는 날.

──응. 난 잘 모르지만.

──안 자?

──응. 전혀 잠이 오질 않네.

──왜?

새벽 두시가 조금 넘었을 때 상우로부터 메시지가 왔다. 나는 왜 잠이 오지 않느냐는 물음에 대답하지 못했다. 골인하지 못한 포스트잇을 주워 담으려 쓰레기통 가까이 다가갔을 때, 무력한 표정으로 서 있던 한 어린아이와 눈이 마주쳤기 때문이었다.

9

오늘은 적자.

아……

기주씨, 사막 가봤어요?

사막이요?

네.

아뇨.

내가 거기서 누굴 좀 만나기로 했거든요.

나는 사장님 때문에 웃음이 났다.

농담 아니에요. 진짜 미국 사막 지역에 가게 됐거든요.

근데 기주씨 무슨 일 있었어요?

아뇨. 아무 일도.

뭐 살 거예요?

오, 아뇨.

그럼 조금만 걷고 얼른 들어가요. 위험해요.

네. 조심히 들어가세요.

갑니다.

매미 소리로 가득한 여름의 새벽 거리. 편의점 사장님이 문을 닫고 있었다. 사장님이 가고 나는 뜨거운 새벽 거리를 얼마간 더 걸었다. 이 집 저 집, 에어컨 실외기가 쉴 새 없이 돌아가고 있었다. 나는 어느새 옆 동네에 다다랐고, 버리려고 꺼내두었다가 실수로 입고 나온 기모 후드티 덕분에 온몸은 땀에 젖어버린 지 오래였다. 나는 잠시 기모바지를 입고 와 가니 앞에서 넘어져버린 장과장을 떠올렸고 돌아서서 걷는 길엔 전봇대 아래에 쌓인 재활용품들 사이에서 두꺼운 책 세권을 발견했다. 책은 가로등 아래서 반짝이고 있었다. 나는 책을 집어 들었다. 모형 책이었다. 모형 책을 들고 집으로 향했다. 그때 주머니 안에서 휴대폰이 울렸다. 장과장으로부터 문자메시지가 와 있었다. 그동안 종종 일을 떠넘기거나 깐족거려 무척 미안했고 앞으로는 괜한 시비를 걸지 않을 것이며 사람이란 게 서로 언제까지 보고 살지도 모르는데 괜찮다면 더 좋은 관계로 지내보자는 장문의 메시지였다.

—과장님, 지금 몇신 줄 아시나요.

—아 새벽이었구나. 미안해, 기주씨. 시간을 몰랐을 뿐, 술에 취한 건 아니야.

—근데 과장님.

—응?

—혹시 부탁 하나만 해도 될까요.

—들어보고.

장과장은 내 부탁을 흔쾌히 수락했다. 나는 약간 긴장한 상태로 방으로 돌아와 불도 켜지 않고 벽에 기대어 앉아 모형 책을 바라보았다.

다음 날 눈을 떴을 땐 오전 열한시 삼십분이었다. 첫 지각이었다. 출근을 했을 땐 장과장이 나를 보며 눈을 찡긋하기에 난 웃었다. 모두 명인이 만든 김부각을 먹고 있어

사무실을 둘러보았더니 모든 사람의 책상 아래에 김부각 한 박스가 놓여 있었다. 장과장은 나를 비롯한 모든 사람들과 공장의 많은 동식물들에게 전보다 더 다정하게 굴었다.

장과장, 로또라도 된 거야?

아유, 로또 됐으면 제가 여기 있겠습니까.

3등이라도 된 거야?

아유, 기분이 좋아서 그렇습니다.

장과장은 그렇게 말하고 가니에게 갔다. 가니가 꼬리를 흔들며 배를 보였다. 사무실 사람들은 유리창 너머로 그런 둘의 모습을 바라보았다.

둘이 참 잘 어울려. 「단짝」이나 「동물농장」에 제보를 하고 싶어. 장과장 외의 인간들에겐 눈길조차 주질 않잖아. 분명히 우리가 모르는 뭔가가 있을 거야.

사장님이 말할 때, 나는 모형 책과 나의 공통점을 생각하고 있었다. 장과장과는 태풍이 지나가고 다시 약속을 잡기로 했다. 그렇게 남은 여름을 보내는 동안 장과장과 나는 평소와 다름없이 조금 데면데면하게 지냈다.

10

장과장은 정확히 약속 시간 정각에 나타났다. 뒤에서 누군가 어깨를 톡톡 건드리기에 뒤를 돌아보았더니 장과장이 영화처럼 강기주씨 맞으시죠, 하고 낮게 물어왔다. 고개를 한번 끄덕였더니 따라오세요, 하기에 나도 모르게 아직 한모금도 마시지 못한 커피를 두고 일어섰다. 부른 건 나인데 장과장을 따라 한시간 넘게 걸어 한 대형 종합병원 지하주차장에 도착했다. 검은색 세단 앞에서 멈춰 선 장과장이 차 문을 열더니 내게 키를 건네고 뒷자리에 올라탔다. 엉겁결에 키를 건네받긴 했는데 나는 운전을 할 줄 몰랐다. 주차장은 숨이 막힐 듯 고요했고 뒷좌석 창문을 두어번 노크해봤지만 장과장은 내릴 생각이 없는 듯했다. 나는 일단 운전석에 올라탔다.

기주씨.

네.

마흔쯤 됐던가요?

아직요.

그럼 머리는 염색한 거예요?

아뇨.

원래 그렇게 백발이에요?

네.

왜 염색 안 해요?

……

아무튼 출발합시다.

저, 운전을 못하는데요.

뭐라고요?

운전을 못해요. 운전까지 장과장님이 해주셔야 해요.

아니, 여태 면허도 안 따고 뭐 했어요.

그냥 살았어요.

장과장이 운전석으로 왔고 나는 조수석으로 옮겨 앉았다. 서서히 시작될 징조가 보이는 장과장의 질문 폭격에 잠시 괜한 부탁을 했다는 생각을 하는 사이, 장과장이 내 비게이션에 주소를 찍고 출발했다. 차는 지하주차장을 벗어나 지상으로 올라오고 얼마 되지 않아 다시 신호를 받았다. 버스 정류장에서 버스를 기다리거나 횡단보도를 건너는 많은 사람들은 활기차 보였다.

　출발한 지 오분도 안 됐을 무렵, 장과장이 잠시 어딜 좀 들렀다 가자고 말했다. 나는 알겠다고 했고, 장과장은 근처 한강공원으로 차를 몰았다. 주차장에 차를 세우고 화장실에 간 장과장을 기다리면서 제주행 비행기표를 예약했다.

　공원에선 아이들이 비눗방울을 불며 뛰어다니고 있었다. 비눗방울을 잘 날리기 위해서는 저 정도의 속도가 적당하다는 걸 나도 알고 있었다. 어릴 적엔 나도 풍풍을 물에 풀어 불곤 했다. 문구점에서 예쁜 걸로 사줄까. 옆집에 살던 남자가 말했고 나는 거절했다. 너 진짜 풍풍으로 하다가 실수로 먹기라도 하면 어쩔래. 죽을래. 그가 재차 주의를 주곤 했지만 소용이 없었다. 나는 이미 아버지의 술도 마셔봤고 담배도 피워봤으며 무엇보다 죽는 게 뭔지는 몰랐지만 죽을 수도 있다는 건 잘 알던 아이였다. 한치 앞에서 무엇이 가능하고 무엇이 불가능한지, 앞으로도 내게 어떤 세계가 가능하고 어떤 세계가 불가능한지 생각할 수 없던 아이. 어머니와 떨어져 살던 때, 세상의 전부는 그런 아버지뿐이었던 아이.

옆집에 살던 남자는 언젠가 한번, 나를 두들겨 패던 아버지를 두들겨 팬 적이 있었는데 그때 나는 두려움과 즐거움을 동시에 느끼면서 그 광경을 바라보았다. 나는 아주 오랜만에 몽타주를 그리라면 그릴 수 있을 정도로 생생한 그 남자의 얼굴을 떠올리며 장과장을 기다렸다. 부드러운 바람이 아이들의 비눗방울을 실어 날랐다.

전 오늘 일찍 일어나서 직박구리가 알을 깨고 나온 새끼에게 먹이를 주는 다큐를 보면서 사과를 깎아 먹었어요. 아주 달고 싱싱한 사과.

사과요?

네. 사과 좋아해요?

모르겠어요.

조금 깎아 왔는데.

잘 깎인 사과 네조각이 락앤락 통에 담겨 있었다. 나는 그것을 받아 한조각을 꺼내 먹었다. 장과장은 시동을 걸고 다시 출발했다. 나는 조수석에 앉아 창문을 조금 내리고 부드럽고 선선한 바람이나 만끽하고 있었다. 장과장은 클래식 라디오 채널에 주파수를 맞추었고 나는 그것이 좋았다.

내가 뭐 해야 할 게 따로 있는 거예요?

아뇨.

뭐 할 일 주면 안 돼요?

……

장과장은 가는 길에 영상을 찍어도 되는지 물어왔다. 하루짜리 짧은 여행 브이로그를 촬영할 텐데, 내가 나오진 않겠지만 조금 나오더라도 완벽하게 모자이크를 하겠다고 했다. 나는 그러라고 했다. 아닌 게 아니라 회사 사람들은 종종 장과장의 유튜브에 출연하고는 했고 사실 내가 가끔 그 속에서 했던 평범한 행동들 아래 장과장이 재미있게 쓴 자막을 보며 혼자 웃었던 적도 있었다.

장과장은 카메라를 켜고 운전을 하는 자신의 모습을 찍었고 나는 창밖을 바라보면서 조금 전 한 아이가 떨어뜨린 사탕에 모여든 부지런한 개미들을 떠올렸다. 장과장과의 동행은 내 예상보다 편안한 것 같았다.

저작권에 걸리기 때문에 음악을 틀 수는 없다는 장과장이 카메라를 보며 몇마디를 하는 동안 나는 주머니 안에 손을 넣어 내 반려돌 메리를 만지작거렸다. 지금 이 속도와 바람, 너무 좋지? 드라이브는 처음이잖아? 나는 메리에게 속으로 말을 걸었고 그 후엔 각설탕을 하나 꺼내 먹었다. 조금씩 긴장이 되었기 때문이었다.

뭐 먹어요?

각설탕이요.

나도 하나 주세요.

나는 장과장에게 각설탕을 하나 건넸고 장과장은 입안에서 설탕을 굴려가며 먹었다. 이제 차는 사거리에 진입했고 보행신호엔 건너는 사람이 아무도 없었다. 유리공장들이 늘어선 거리를 지날 땐 뒷짐을 진 채 건물 안을 유심히 들여다보는 한 사람을 볼 수 있었다.

나는 각설탕을 새로 까 먹으며 지난 밤 얕은 잠을 반복하며 꾼 꿈들을 떠올렸다. 쥐약이 묻은 각설탕을 먹었으며, 그네를 타고 싶어했으나 초등학생 이하만 탈 수 있어서 울었으며, 뭔가를 차면서 놀고 싶은데 공이 없어 모래를 차며 노는 꿈. 내가 낮게 흩어지는 모래들을 바라볼 때 그네를 타던 아이들은 비행기가 날아가는 하늘을 바라보았던 것 같다.

깜빡 잠이 들었다가 깼을 땐 카메라를 끈 장과장이 라디오를 듣고 있었다. 쇼팽의 곡이 시작됨을 전하는 라디오 DJ의 말이 끝나자마자 서서히 정체가 시작되었다.

정체 해소한다고 이걸 뚫은 건데 왜 막히지?

장과장이 말했고 나는 잠자코 있었고 정체는 계속되었다.

앞에 사고가 났을 수도 있겠어요.

지하터널을 벗어나자 장과장의 말대로 차 네대가 뒤엉킨 사고가 나 있었다. 몇 사람은 놀란 표정으로 서 있었고 한 여자는 마른세수를 하고 있었고 한 남자는 머리칼을 쥐어뜯고 있었다.

저런.

장과장은 내게 운전이 배우고 싶어지면 언제든 가르쳐주겠다고 말했다. 우리는 이제 처음 보는 버스 종점과 묘지들을 지나는 중이었다. 터널을 네개째 지났을 땐 넓게 펼쳐진 논 한가운데 앉아 있는 커다란 곰인형을 보았다. 급커브 구간에서 장과장은 감속했고 지금 온 만큼 더 가면 도착할 것 같네요,라고 말할 땐 내 쪽을 힐끗 본 것도 같았다.

우리는 설렁탕을 한그릇 사 먹고 청주에 도착했다. 내

부탁을 들어주는 대신 주말 브이로그 콘텐츠를 찍겠다며 들른 장과장의 조부모님 집이었다. 주차를 한 공터와 이어지는 낮은 언덕엔 들꽃 무덤이 군락을 이루고 있었고 집으로 향하는 길가엔 먹다 남은 닭뼈와 소화제와 자양강장제가 든 상자, 컴퓨터 자판과 다리가 부러진 작은 교자상 등이 널브러져 있었다. 어디선가 나타난 토끼들이 그것들을 지나쳐 사라졌다.

과장님, 이 집 토끼들이에요?

아뇨. 모르는 토끼들이에요.

그렇구나.

원래 토끼들이 야행성 아닌가.

그런가요.

우리는 집 안으로 들어갔다.

이 방을 쓰시겠어요?

왼손에 카메라를 든 장과장이 오른손으로 세개의 방 중 하나의 방을 가리키며 말했다. 나는 방에 들어가서 작은 짐을 풀고 곰팡이가 옅게 핀 벽에 기대어 앉았다. 장과장은 아마도 카메라 앞에서 다른 방을 소개하고 있을 것이

었다. 얼마나 시간이 흘렀을까 모르겠다. 어디선가 사이렌 소리가 들려올 때,

기주씨, 무슨 일인지 모르지만 잘될 거예요.

열린 방문 틈으로 장과장이 고개를 내밀고 말했다. 나는 장과장의 말을 반만 믿기로 했다. 반을 믿지 않는 것이 아니라 반을 믿기로.

내 말을 못 믿는 모양인데.

아니…… 반은 믿어요.

믿음에 반이란 게 있어요?

장과장이 어깨를 으쓱했다.

운전해주셔서 감사해요.

잘 자요.

장과장이 방문을 닫고 돌아섰다. 장과장과 서로 잘 자라는 말을 주고받았다는 사실이 새삼스러웠다. 나는 반려돌 메리를 꺼내 옆에 내려놓았다. 상우로부터 전화가 걸려왔으나 왜인지 받을 기운이 없었고, 누군가를 반만 믿는 사람이 되어 긴 밤을 보내는 동안엔 밤에 우는 새의 소리를 들었다.

여러분, 아시죠. 주말에도 출근하는 시간에 일어나는 거. 제가 어제 잠을 못 자서 진짜 늦잠 잘 예정이었거든요. 근데 지금 시간 보세요, 몇신지.

눈을 떴을 때 거실에서 장과장의 목소리가 들려왔다. 나는 이불을 정리하고 창가에 다가섰다. 반쯤 젖힌 커튼 사이로 안개가 가득했다. 한참을 그러고 있다가 거실로 나왔다. 장과장이 틀어놓은 케이블 방송에선 일일 드라마가 나오고 있었다.

전 이제 더 할 말이 없어요. 이미 너무 많은 말을 했거든요.

배우가 말했고, 어두운 조명 아래 앉아 티브이를 보던 장과장은 접시 위에 놓인 과도를 들었다. 둥그런 접시엔 이미 뭔가가 가득 담겨 있었다.

이건 사과고, 이건 생고구마예요. 등도 나갔고 가스도 나갔어요.

나는 장과장 옆에 앉아 생고구마 조각을 집어 들었다. 장과장의 머리카락이 짧아져 있었다.

어젯밤에 잘랐는데, 뭐가 어때요?

뭐요?

네. 사실대로 솔직하게 말해줘요.

크게 나쁜 건 아닌데 조금 엉망이에요.

그게 무슨 말이에요.

장과장은 깎다 만 고구마와 사과 껍질과 과도를 들고 부엌으로 갔다. 싱크대와 수납장 여기저기를 여닫는 소리가 들려왔다. 장과장이 빈손으로 돌아왔을 때 갑자기 작은 교자상 다리가 부러지면서 고구마와 사과가 담긴 접시가 바닥으로 쏟아졌다.

와…… 진짜 아무것도 없게 됐어요.

장과장이 말했고 나는 널브러진 먹을 것들과 주저앉은 상을 정리했다. 그리고 한데 섞여 사과인지 고구마인지 모를 조각 몇개를 집어 손에 쥐었다.

그거 먹게요?

네.

나는 배가 좀 고파서 그것들을 물에 대충 헹궈 들고 집 밖으로 나와 씹어 먹었다. 그러면서 어쩐지 까마득하게 느껴지는 어제와 나의 집을 떠올렸다. 축축한 시간이었다.

상다리가 부러진 김에 다시 좀더 잘게요. 오늘은 왠지 좋은 꿈을 꿔야 할 것 같은데 못 꿨거든요.

어느새 옆에 다가온 장과장이 말했다. 나는 장과장의 말에 고개를 끄덕이면서 서울로 돌아가면 운전을 배울까, 생각했다.

나는 집 앞을 서성이며 마음에 드는 돌이 있는지 살펴 보며 시간을 보냈다. 그러다 마을 쪽으로 조금 나갔을 땐 한 수녀가 내게 말을 걸어왔다.

혹시 버스정류장을 아세요?

모르겠어요.

수녀는 인도가 없을 것 같아 보이는 도로 쪽으로 향했 고 나는 수녀의 뒷모습이 사라질 때까지 바라보았다.

집 안으로 들어와 양치를 했을 땐 붉은 피가 섞여 나왔 다. 오래 입안을 헹구고 상우와 잠시 통화를 한 뒤엔 요즘 은 어디에서 사는지를 묻는 원경의 문자를 반복해서 읽었

다. 한시간쯤 뒤에 선글라스를 쓰고 나온 장과장이 내게
도 선글라스를 건넸다. 나는 그것을 받아 썼고 장과장과
나는 마을의 작은 개천 위에 놓인 다리를 건너는 것으로
안개가 가득한 그 마을을 벗어났다.

근데 대체 누굴 만나러 가는 거예요? 위험하지 않다는
걸 나도 알아야 할 거 아녜요.

아…… 그러네요. 죄송해요.

죄송할 것까진 없고요. 그래서 누군데요?

친구요. 오래전 친구를 만나러 가는 거예요.

친구요?

네.

어떤 친구요? 첫사랑 같은?

그런 건 아니고요…… 그러니까 너무 오래전 친구는 아
니고……

무슨 말 못할 사정이 있나봐요.

나는 말문이 막혔다. 장과장에게 친구라고 말한 순간,
그동안 그렇게 유예해왔던 시간이, 곧 원경의 눈을 마주
해야 하는 시간이 바로 앞으로 다가왔다는 것을 실감했기

때문이었다.

언젠가 자연스럽게 보게 되지 않을까 했는데 안 되더라고요.

그냥 두면 되잖아요.

그리고, 뭐랄까. 혹시 기다릴까봐.

기다리는 게 확실해요?

모르겠어요.

안 기다렸으면 어쩌려고 그래요.

그래서 과장님한테 부탁한 거예요. 가는 길은 두렵고 돌아오는 길은 외로울 것 같아서.

혹시 죄 지었어요?

그 말을 끝으로는 누구도 말이 없었고 나는 장과장이 좋은 꿈을 꾸었는지 궁금했지만 묻지 않았다. 그사이 장과장의 차는 끊임없이 이어지는 모퉁이를 돌고 돌아 비포장 도로로 들어섰다. 원경에게 가기 전, 장과장의 브이로그에 등장해야 할 국숫집으로 가는 길이었다. 오르막이 시작되고 얼마 지나지 않았을 때 무언가에 걸려 차가 한번 덜컹했고 그 뒤로는 내비게이션이 잡히지 않았다. 장과장은 속도를 줄이고 주변을 살폈다. 위쪽에서 검은 천으로 두 눈을 가리고 내려오는 사람 넷이 있었다. 장과장은 차를 아예 멈추고 그들이 지나갈 때까지 기다렸다. 네 사람이 모두 보이지 않을 정도로 멀어지고 차는 다시 천천히 움직이기 시작했다. 가을 햇살을 받은 마른 흙들이 안개처럼 일으키는 흙먼지들과 돌 위를 구르는 바퀴 소리만이 이어지는 한낮이었다.

한참을 느리게 오른 끝에 다다른 곳은 전날 묵었던 집과 비슷한 분위기의 국숫집이었다. 돌고 돌아 다시 그 집에 온 것은 아닌가 하는 착각이 들 정도였다. 놀랍게도 국숫집 앞 공터는 주차된 차들로 인해 더는 자리가 없어 보였다. 가게 안으로 들어가 겨우 빈 테이블에 앉았다. 메뉴가 하나였기 때문에 주문이 간단할 것 같았지만 직원이 보이지 않았다. 나는 주방 쪽으로 갔다.

저 구석 자리에 국수 두개요.

전 손님인데요.

아, 죄송합니다.

괜찮아요.

나는 주방 안쪽을 살폈다. 검은 두건을 쓴 남자가 음식을 만들고 있었다. 나는 그에게 국수 두그릇을 주문하겠다고 말했고 남자는 혼자 일해서 시간이 좀 걸릴 것 같으니 기다려달라고 했다. 구석 자리로 돌아왔을 땐 전날 목에 둘렀던 머플러를 머리에 쓴 장과장 앞에 두 사람이 서 있었고 주위의 많은 사람들도 장과장을 쳐다보고 있었다.

장과장님 맞으시죠?

아, 네. 맞아요. 안녕하세요.

저 입사동기예요. 사인 좀 해주세요.

입사동기란 장과장 유튜브의 구독자 애칭으로, 입사동기의 사인 요청에 장과장은 머플러를 푸르고 선글라스를 벗어 테이블에 내려두었다. 한 사람이 장과장에게 매직을 건넸다.

나는 방해가 되지 않으려 조용히 맞은편에 앉아 컵에 물을 따르려고 하다가 우연히 매직을 든 채 물통 쪽으로 손을 뻗던 장과장의 왼손을 쳤다. 장과장은 본능적으로 내 손을 피하려 했던 것 같았는데 그러다 오히려 매직을

든 손을 얼굴 쪽으로 가져갔다. 왼쪽 볼에 5센티미터 가량
의 검은 선이 그어진 장과장을 보며 입사동기들이 짧은
비명을 질렀다.

어머, 어머, 어떡해.

괜히 저희가 알아봐가지고.

사인을 받으려던 두 사람이 말했다. 5센티미터라니, 볼
에 긋기엔 짧지 않은 길이였고 나는 미안하면서도 장과장
의 표정에 웃음이 나서 두 눈을 감았다.

근데 희한하게 잘 어울리세요.

입사동기들의 말에 장과장이 웃었고 이런 것 정도는 아
무 문제없다면서 그들과 사진을 찍었다.

죄송해요, 과장님.

국수를 먹고 차로 돌아와 백미러를 보며 물티슈로 볼을
문지르는 장과장에게 말했다.

이 정도는 아무것도 아니죠, 뭐.

나는 그런 장과장을 찍어주었다.

봐요. 어느 정도 지워졌죠?

음.

난 이 정도면 된 것 같아요.

회사에서 보지 못했던 다른 모습의 장과장을 보며 낯선 기분을 느꼈다. 장과장은 물티슈를 손에 쥔 채로 바쁘게 움직이던 손을 멈췄다. 문지른 부분이 빨개져 있었다. 거울을 보던 장과장은 조금 더 볼을 문질렀다. 장과장과 나는 얼마간 그렇게 보냈고 그사이 몇대의 차가 공터로 들어오거나 나갔다.

이게 한계인 것 같은데, 지금은 어때요?

그게…… 아직 엉망이에요.

그렇군요.

장과장의 시선이 머문 국숫집 공터 가엔 이제 막 끝이 익어가기 시작한 감나무 한그루가, 그 뒤로는 밤나무숲이 빽빽하게 이어졌다. 나는 메리를 만지작거리다가 장과장에게 각설탕 하나를 건넸고 장과장은 두 눈을 감은 채로 입안에서 그것을 굴려가며 먹었다.

똑똑똑 소리에 장과장이 자세를 고쳐 앉고 창문을 내렸다. 아까 식당에서 사인을 요청했던 구독자였다. 그 사람

은 장과장에게 식당에서 파는 두부과자를 내밀었고 쏟아
지는 햇빛에 장과장은 선글라스를 다시 썼다.

사실 제가 요즘 정말 우울했거든요.

아유, 저런.

근데 이제 행복한 가을이 될 것 같아요.

정말요?

네. 장과장님을 봤으니까요. 요즘 제 삶의 낙이거든요.
장과장님 유튜브가.

아유, 감사합니다. 근데 이거는 안 주셔도 돼요.

김부각은 안 팔더라고요.

장과장은 정말 잘 먹을게요,라고 말했고 그 사람은 고
개를 끄덕이며 돌아갔다.

두부 좋아해요?

네, 뭐.

다행이다. 같이 먹어요.

장과장은 그렇게 말하며 내게 두부과자를 건넸다.

그리고 또 제가 뭐 좋아하는 줄 알죠?

김부각.

정답!

장과장은 시동을 걸었고 마침내 차는 주차장을 벗어났다. 얼마간 한가로운 시골길을 지났고, 좁고 꼬불꼬불한 이차선 도로가 이어진 공장지대로 진입했다. 어떤 이유에선지 내비게이션은 원경이 운영하는 까페의 위치를 자꾸만 놓쳤다. 장과장은 주위를 둘러보며 가다 서다를 반복했다.

한낮의 가을 햇살을 받으며 한 남자가 공장 입구에서 면도를 하고 있었다. 장과장은 서서히 속도를 줄여 남자 앞에 차를 세웠다. 남자의 뒤편에선 다른 남자가 발로 기타를 치고 있었다. 장과장은 내 쪽의 창을 열고 남자에게 까페의 위치를 물었고 다행히 남자는 그곳을 잘 아는 듯, 여유 있는 얼굴로 설명해주었다.

여기 길이 쉽지가 않네요.

네, 감사해요.

감사하단 말 들으려고 한 말은 아니고. 아무튼 운전 배우게 되면 꼭 나한테 배워요. 내가 잘 가르쳐줄게요.

네, 감사해요.

거참. 또 감사.

장과장이 다시 이차선으로 진입했을 때 한 사람이 도로 한복판을 걷고 있는 걸 볼 수 있었다. 건너려는 것인가 했지만 그저 앞을 향해 걸을 뿐이었다. 그 사람을 지나치기엔 커브가 계속되어 사고위험이 있었다. 창을 열어 부르는 소리에도 클랙슨 소리에도 뒤를 돌아보지 않기에, 혹시 꿈인지 아니면 지금 헛것을 보고 있는 것은 아닌지 했으나 앞서 걷는 사람의 속도에 맞춰 가는 수밖에 없었다. 간간이 몇대의 차가 맞은편에서 나타났다 지나갔다.

우리 앞을 걷던 그 사람은 요양원으로 향하는 골목으로 빠졌다. 우리는 그때까지 계속 천천히 움직였고 장과장은 물을 한모금 마시고는 속도를 높였다. 이제 시작이라고, 장과장이 말했다.

11

오랜만에 다시 찾은 원경의 까페는 마당이 더 넓어진 것 같았다. 가장 왼쪽 건물이 까페 건물이었고 오른쪽으론 얼마간의 간격을 두고 물에 탄 듯 흐린 파란색 지붕을 얹은 집이 두채 이어져 있었다. 마당에서는 한 가족이 돼지 캐릭터가 그려진 연을 날리고 있었고, 한쪽 텃밭에서 원경의 어머니가 허리를 펴고 일어서는 것을 보았다.

　과장님, 저 갔다 올게요.

　다녀와요. 전 영상 찍고 있을게요.

　얼마나 걸릴지 잘 모르겠어요.

　걱정 말아요.

나는 선글라스를 벗고 먼저 차에서 내렸다. 까페에 가까워지자 어머니가 나를 알아보았다.

기주 왔구나.

원경의 어머니가 다가와 내 양팔을 잡으며 말했다.

누구랑 온 거야, 애인이야?

친구예요.

그래. 근데 어떻게 왔어?

네?

도쿄로 발령났잖아.

밝은 표정의 어머니는 손에서 나를 놓아주었다. 나는 지나는 길에 커피를 마시러 들렀다고 말했다. 어머니는 내 눈을 잠시 마주한 뒤에 일단 들어가 있으라고 말하고 다시 텃밭으로 갔다. 나는 원경이 없는 까페 안으로 들어갔다. 나중엔 동생과 함께 할 거야. 얘기로만 들었던 원경의 동생이 자리를 안내했다. 얼굴만 봐도 원경의 동생임을 알 수 있었다. 나는 내가 늘 앉던 자리에 앉아 커피를 주문했다. 유리창 밖으로 아무렇게나 스트레칭을 하고 마당에 쭈그려 앉는 장과장이 보였다. 어디선가 다가온 개

한마리가 장과장의 옆구리 쪽에 자신의 옆구리를 대고 앉았다. 장과장은 힐끗 개를 보았으나 그런 개의 시선은 어머니 쪽에 가 있었다. 이곳에 도착하기 직전부터 나는 이제 어떤 것이 거의 끝났다고 느꼈다. 이제 나는 이 까페에서 원경을 만나, 어떤 이야기든 이야기를 하고 그리고는 다시 장과장과 함께 차를 타고 서울로 돌아가면 되는 일. 올 때는 좀 걸렸지만 갈 때는, 이제 가기만 하면 되는 일. 그다음은 알 수 없지만, 왔으니까. 다만 돌아가기만 하면 되는 일.

그렇게 끝나는 일이 아니었구나, 생각하는 동안 한참이 지난 듯 했으나 장과장의 옆구리를 따뜻하게 데워주던 개가 아직 장과장의 곁을 떠나지 않고 있었고 그래서인지 장과장도 앉은 채 그대로였다. 그때 꿀벌 무늬 옷을 입은 아이와 챙이 아주 넓은 모자를 쓴 남자가 장과장에게 다가갔다. 그들은 개를 쓰다듬었다.

커피 나왔습니다.

감사합니다.

원경과 똑 닮은 원경의 동생 진경. 나는 진경과 눈을 마주치자마자 원경을 마주하는 기분이 들었고 급하게 까페에서 나왔다.

저 좀 찍어줄래요?

장과장의 말에, 나는 숨을 크게 쉬며 그쪽으로 갔다. 개 한마리와 아이와 남자도 그대로였다. 나는 그들에게 영상을 찍어도 되는지를 물었고 아이와 남자는 얼굴만 모자이크를 해주면 아무 문제없다고 말했다. 장과장은 그냥 땅바닥에 앉아 있었는데 늘 그래왔다는 듯이 자연스러워 보였다. 나는 잠시 공장에서의 가니와 장과장을 떠올리며 그 모습을 영상에 담았다.

삼촌, 내가 책 읽어줄게. 잘 들어봐.

삼촌은 고개를 끄덕였다.

전나무가 가시나무에게 무시하는 듯한 말투로 자기 자랑을 했습니다. 불쌍한 것, 너는 아무 쓸모가 없어. 나를 보렴. 모든 일에 쓸모가 있지. 특히 인간이 집을 지을 때나 없이는 안 되지. 가시나무는 이렇게 대답했습니다. 아, 좋네. 하지만 잘 봐. 인간은 도끼와 톱을 가지고 와서 너를 베어 쓰러뜨리겠지. 그때쯤 너는 전나무가 아니라 가시나무였으면 좋겠다고 생각할 거야.

자, 다음 이야기야, 삼촌. 잘 들어봐. 개 한마리가 고기한덩이를 입에 물고 냇물 위에 놓인 널빤지? 널빤지 다리를 건너고 있었습니다. 그리고 우연히 물에 비친 자신의 그림자를 보게 되었습니다. 개는 그 그림자가 자신의 것보다 두배나 큰 고기를 가진 다른 개라고 생각했습니다. 개는 자신의 고깃덩어리가 떨어지는 것도 모르고 더 큰 고깃덩어리를 얻기 위해 상대편 개에게 달려들었습니다. 당연히 개는 아무것도 얻지 못했습니다. 그 고깃덩어리는 단지 물그림자였고 진짜 고깃덩어리는 이미 물살에 떠내려간 뒤였습니다. 망망아, 너 내 이야기 들었어?

아이가 다음 페이지를 넘길 때 원경의 어머니가 다가왔다. 장과장은 일어나려고 했으나 망망이가 계속 기대고 있는 터라 좀 엉거주춤했다.

하여튼 내 인생에도 문제가 많아요.

어머니가 말했다. 무화과가 든 바구니를 내려놓있는데 바구니를 내려놓는 어머니의 손이 무척 고왔다.

기주 친구라고요?

아뇨. 그런 건 아니고.

아니에요?

아뇨. 친구예요.

멀리까지 와줘서 고마워요.

어머니는 고운 손으로 장과장의 손을 잡았다. 장과장이 어쩌면 좋겠느냐는 눈빛으로 나를 잠시 바라보았다. 원경의 어머니는 그런 사람이었고 나는 그런 원경을 많이 부러워했던 것 같다. 어머니와 장과장이 손을 잡고 있는 장면을 가만히 보면서 내 어머니도 사람을 좋아할까, 그런 생각을 했고 어머니가 장과장의 손을 놓고 내게 손짓을 하며 무화과를 먹으라고 권하기에 무화과를 먹었다.

놀아줄까요?

응?

혼자잖아요.

그래. 이모들에게 들려줄 다른 이야기는 없어?

네, 그런 건 없고요, 보여줄 건 있어요.

나는 가만히 앉아서 이야기를 들을 힘은 있었지만 뭔가

를 보고 싶진 않았다. 그러나 장과장과 나는 아이의 손에 이끌려 넓은 마당 한가운데 자리한 느티나무 쪽으로 갔다. 나무 아래에 비석으로 보이는 것들이 많이 세워져 있었다.

공동묘지예요. 제가 여름 동안 발견한 죽은 동물들과 벌레들을 묻어줬어요.

장과장은 아이를 바라보며 고개를 끄덕였다. 아이는 어깨를 으쓱하며 밭쪽으로 갔다. 삼촌이 그 뒤를 따랐고 우리는 그 자리에서 비석들을 바라보았다. 부드러운 가을바람이 불어왔고 차에서 물을 꺼내 마셨다. 마당 여기저기에는 무늬가 모두 다른 새의 깃털들이 떨어져 있었다. 나는 가방에서 아직 뜯지 않은 과자를 꺼냈다.

두부 좋아해?

네.

그럼 이거 먹을래?

오와! 이게 뭐지? 감사합니다.

얼마나 여러번 불러왔던 걸까. 아이는 오래된 노래를 토씨 하나 틀리지 않고 불렀다. 중간에 몇번 비행기가 지나는 소리가 들려왔는데 그럴 때마다 고개를 들어보면 홀

러가는 구름뿐, 아무것도 없었다. 이제 돌아가야 하겠지, 싶으면서도 이대로 돌아가면 우린 다시 어떻게 되는 건지 판단이 서질 않았다.

기주씨, 근데 왜 이렇게 빨리 나왔어요?

아, 그게……

뭐가 잘못됐어요?

네.

저런.

제가 약속을 하지 않고 왔어요.

네?

당연히 여기 있을 줄 알고.

기주씨, 정말.

역시 바보 같았다는 생각에 달리 대꾸할 말이 없었다. 장과장이 기주씨, 정말, 하면서 지은 표정은 나를 안심시켰다. 장과장과 눈을 마주치자 왠지 웃음이 났던 것이다.

근데 대체 누구이기에 약속도 없이 이 먼 길을 왔을까.

질문 같은 장과장의 혼잣말에 나는 똑같이 친구,라고 대답했다.

내가 같이 오길 잘한 거죠?

네.

갑시다.

네.

장과장은 내가 걱정했던 것만큼 질문을 많이 하는 사람
이 아니었고, 이제 정말 돌아가는 일만 남았다고 생각하
고 일어섰을 때 아이가 다시 말을 걸어왔다.

근데 널빤지가 뭐예요?

널빤지?

네.

널빤지 다리라는데요. 아까 어리석은 개가 건넌 것이.

널빤지란 것은 말이야.

나는 그렇게 말해놓고 혹시 주변에 널빤지 비슷한 것이
라도 있는지 둘러보았다.

저런 게 널빤지야.

아, 다리같이 생겼네.

그래.

아이는 우릴 보며 웃었다.

아까 봤는데 진짜 야무져요. 맨날 여기서 어른들 농사 짓는 걸 보고 자라서 이렇게 잘하나봐요.

장과장은 꿀벌 옷을 입은 아이의 김장용 배추와 무의 씨앗을 심는 손끝에 감탄했다고 말했다. 나는 주머니에서 반려돌 메리를 꺼내 아이에게 소개를 시켜주었다.

이 돌은 이름이 메리인데, 넌 이름이 뭐야?

하윤이요.

그래, 하윤아. 이모들은 이제 갈게.

잘 있어. 그리고 널빤지란 것은 말이야, 저런 거긴 한데 국어사전도 한번 찾아봐. 안녕.

네, 안녕히 가세요.

하윤은 우리에게 손을 흔든 뒤에 허리를 꼿꼿이 펴고 서 있었다. 나는 왜인지 그런 하윤에게서 오래 눈을 떼지 못했다. 그때 원경의 동생이 나를 불렀다. 마시지 않은 커피 두잔을 테이크아웃 잔에 옮겨 담아 온 것이다.

감사합니다.

나는 진경의 눈을 마주하며 그렇게 말했다.

12

장과장과 나는 차로 두시간 반쯤 떨어진 지역의 요트 선착장을 향해 출발했다. 장과장의 주말 브이로그의 마지막 여정이었다. 가는 동안 어렸을 적에 국어사전을 보는 취미가 있었다고 했더니 장과장이 신기해했다.

저도 그런 취미가 있었거든요. 아무 페이지나 펼쳐서 나온 단어로 게임도 하고 그랬잖아요. 스무고개처럼.

맞아요.

가는 길에는 115년 된 식당에서 순대를 먹었다. 이 시장이 그렇게 된 거고, 여기는 85년째예요. 순대를 받으며 식당 사장님이 전한 얘기에 장과장이 카메라를 향해 여러분, 여기가 85년 된 가게라고 해요,라고 말했다. 나는 카메라 앞에 젓가락으로 순대를 하나 들어 보이며 순대의 단면과 옆면이 자세히 나오게끔 움직였고 장과장이 거의 유튜버라며 웃었다.

어제오늘 감사했어요.

뭘요.

85년 된 순대값은 제가 낼게요.

장과장은 엄지손가락을 치켜들었다. 식당 사장님은 내게 영수증과 함께 요구르트 두병을 주었다. 우리가 떠난 테이블엔 순대 몇조각만 남아 있었다.

8,100원, 많이 벌었다, 무지 많이 벌었다, 하며 어머니가 나를 보며 웃던 모습이 떠올랐다. 순대를 좋아하던 내 어머니. 어떤 사람은 2,300원, 또 어떤 사람은 17,000원. 사람마다 이렇거나 다르거든, 했던 말의 내용만을 기억할 뿐 어머니의 목소리가 흐릿하다. 아주 오래전, 공장 일을 마친 어머니가 후다닥 저녁밥을 먹고 새벽까지 동네를 돌았던 어느 여름밤. 아침이 되자마자 고물을 주워 판 돈을 세

며 웃던 어머니. 사람마다 이렇게나 다르다고 반복해서 말하던 모습. 어머니, 사람마다 왜 다른 건데? 물으면 기주야, 세상 사람이 다 같은 모습이라면 어떻겠니, 말하던 모습. 다 같은 모습이면 어떤지 내가 어떻게 알아. 고물상 주인이 어머니와 나에게 준 요구르트 두병을 혼자 다 마시며 투덜대던 모습을.

우리는 한시간쯤 달려 요트선착장에 도착했다. 장과장은 외투를 꺼내 입었다.

덥지 않으세요?

이거 편집해서 올라갈 때쯤엔 완전한 가을일 테니까요.

장과장이 요트 쪽으로 가 영상을 찍는 동안 나는 선착장 한편에 넓게 자리한 갈대밭을 서성였다. 끝을 모르고 걸어간 곳엔 밤 축제 준비가 한창이었다. 빨간 벤치 앞에서 마법사 모자를 쓴 한 남자가 원숭이와 인간의 다른 점에 대해 큰 소리로 이야기하고 있었다. 그의 옆엔 두 사람이 함께 앉아 있었는데 막상 그의 이야기를 듣는 사람은 없었다. 나는 주머니에 손을 넣어 메리와 함께 그의 이야기를 들었다.

새 한마리가 혼자 앉아 있는 풍경을 담고 돌아온 장과 장과 함께 까페로 향했다. 가는 길에 일정한 간격을 두고 세워진 기둥마다 매달린 스피커에서는 가짜 새소리가 흘러나오고 있었다. 까페 안 우리의 옆 테이블에서는 늘 문제가 많다는 한 커플에게 맞은편의 사람이 이런저런 조언을 끊임없이 늘어놓고 있었다.

난 차였지만, 그거랑은 상관없어. 오히려 헤어졌기 때문에 너희가 모르는 시점에 대해 알고 있는 거거든. 그러니까 내가 하는 말들을 마음속에 잘 새겨두라고. 두 사람의 관계라는 건 말이야……

그 사람이 그렇게 말하자 사람들이 웃었다. 나는 장과 장에게 외계인이 존재하는 것 같은지 물었다.

본 적이 없으니까 없을 거라고 생각하지만 있을 거라고 믿어요.

네?

진짜 모르겠다는 뜻이에요.

우리는 까페에서 나와 다시 갈대밭을 지나 하트 조형물이 자리한 공간으로 갔다. 자물쇠를 구입해 무언가를 쓴 다음에, 조형물을 둘러싼 울타리에 거는 것 같았다.

몇개 없네요.

그러게요.

하지만 난 해야지.

장과장은 자물쇠를 구입해 거기에 뭐라고 쓴 다음에 울타리에 걸었다. 나는 그 모습을 영상으로 찍어주었다. 나도 하고 싶었지만 쓸 말이 없었다. 주차장으로 향하는 길에 장과장은 지난주에 즐겨 듣는 라디오의 한 코너에 청취자로 참여했던 이야기를 전해주었다.

막상 연결되니까 진짜 너무 떨리더라고요. 아마 거기 참여한 사람들 중 제가 제일 재미없는 사람이었을 거예요.

장과장님 재밌는데.

너무 오버를 한 것이죠.

저도 다음에 참여해볼까요.

믿어도 되려나.

네. 다음엔 제가 운전도 하고요.

기주씨.

네.

면허 있었는데 뻥친 거예요?

아, 뻥 아니에요. 이제 따려고요.

아, 난 또.

장과장은 주차된 차 쪽을 가늠한 뒤 원격 시동을 걸었다. 근처에서 시동 걸리는 소리가 들려왔고 우리는 잠시 먼 풍경을 바라보았다. 해가 낮아지고 있었다.

근데 기주씨는.

네.

그 친구가 어떤 모습일 거라고 생각했어요?

음.

나는 대답 대신 조금 웃었다. 내가 그려둔 원경의 모습은 없었다.

없었구나, 그런 것이.

나는 말없이 걸었다. 사실 자체는 오래전에 사라지고 내 생각만이 남아 있다는 것을 지금 알게 되었으니까. 그러니까 아주 오랫동안 나는 가진 것에 대해 이야기할 때

보다 가지지 못한 것에 대해 이야기할 때 더 길게 얘기할
수 있었는데.

장과장은 나를 합정역에 내려주었다. 나는 원경과의 마
지막 만남이 있던 상수의 한 까페를 향해 느리게 걸었다.
원경과 한주와 혜진과 은지와 함께였고, 나를 제외한 모
두가 먼저 일어섰던 그 까페. 나는 나 자신을 반쯤 믿으며
그곳으로 갔다.

디카페인으로 드릴까요.

아뇨. 그냥 주세요.

나는 그날 우리가 앉았던 곳이 보이는 자리에 앉았다.
그 테이블엔 네 사람이 앉아 있었다. 네 사람은 다 마신 커
피잔과 케이크 접시와 포크를 앞에 두고 크게 웃다가 다
시 조용조용 대화를 이어갔다. 그 테이블의 대화는 서로
의 생년월일에서 토끼는 원래 야행성이 아니냐는 쪽으로
흘러갔다. 40대부터는 키가 1센티미터씩 줄어든다는데?
나는 사람들의 이야기를 들으며 오래 그곳을 바라보았다.

가장 깊은 곳에 가려둔 마음들을 곧 마주해야 할 것 같은 두려움 속에서 원경과 가짜 화해와 멀어짐을 반복하던 그해 여름의 끝에서.

　나는 왜 그토록 누군가에게 이해받고 싶어했을까. 기쁨이나 슬픔은 그렇지 않은데 나조차도 이해하기 어려운 이 오래되고 깊은 마음들은 왜 꼭 누군가에게 이해받고 싶어했는지 잘 모르겠다.

작은 불상이 놓인 술상

우다영

주란 언니와는 가끔 슬픔을 나눕니다. 꼭 슬픔이라고만은 할 수 없는 다소 복잡한 감정일 때도 많지만 온몸 가득 물기와 열기를 머금고 차오르는 감각이 마치 눈물과 같아서 우리는 그냥 편하게 슬픔이라고 부르는 것 같습니다. 때로는 각자의 시간에 빠져 있다가 뒤늦게 확인한 문자로, 때로는 오랜만에 골방에서 나와 바람도 쐬고 가볍게 산보도 하며 문득 걸어보는 전화로, 때로는 항상 깨끗하고 환한 언니의 방에 앉아 간소하지만 예쁜 그릇에 정갈하게 차린 음식을 먹으며 주고받는 이야기로 우리의 이름

없는 슬픔은 외따로 놓인 우리의 간격을 건너갑니다.

　실은 이런다고 단단한 슬픔의 배를 갈라 극적으로 그것을 해치우거나, 딱 잘라 그것을 절반씩 나누어 가질 수 없다는 것을 언니도 저도 잘 알고 있습니다.

　언니를 만나고 돌아온 날에는 혼자 곰곰이 질문해보기도 합니다. 말과 글로 슬픔을 기록하고, 슬픔을 되새기고, 새로운 슬픔을 알게 되며, 그리하여 매번 슬픔을 증식하는 것이 무슨 의미가 있을까. 우리가 우리의 짐을 내려놓으려 이곳에 슬픔을 풀어놓고 세상을 이전보다 조금 더 어둡게 만든 건 아닐까 걱정해보았지요.

　하지만 어쩐지 슬픔은 나누거나 더하는 연산이 통하지 않는 신통한 모양으로 사람들이 있는 곳이라면 으레 함께 머무르려 하는 친근한 정령 같았고, 어쩌면 한데 어울리는 동안 우리도 슬픔의 성질을 조금은 알게 된 것인지도 모른다는 생각이 들었습니다. 슬픔은 사람의 안과 밖 모든 것을 한순간에 무너뜨릴 수도 있지만, 또 반대로 어떤 마법 같은 순간에 이르면 제 스스로 무너져 세상의 한겹

밖으로 감쪽같이 사라져버리기도 한다는 것을요.

기주의 찬찬한 눈길이 세상의 모든 면면과 찰나를 들여다보고 있는데도 불구하고, 어쩌면 이 소설은 처음부터 끝까지 기주를 읽는 소설인지도 모르겠습니다.

기주는 평범한 일상과 단조로운 문장 속에 있지만, 조용하게 차올라 넘칠 듯 말 듯 찰랑이는 슬픔이 기주를 물기와 열기를 가진 살아 있는 육체로 만듭니다. 저는 한장의 종이를 사이에 두었기에 조금은 안심하고 그런 기주의 시선과 표정과 걸음걸이와 머뭇거림을 봅니다. 서로를 너무 마주 보지 않은 채 비껴 보이는 것들을 기억하고, 서로의 곁에 너무 나란히 서지 않은 채 곁을 떠나지 않고 같이 걷는 동행이 됩니다. 용기를 내거나 두려워하지 않아도 되어서 마음껏 함께합니다.

그렇게 지켜본 기주는 많은 순간 가만히 사람들을 떠올리는 사람입니다.

좋아하는 구슬아이스크림을 먹다가도 문득 어머니가 구슬아이스크림을 사 먹을 돈이 있을까 생각합니다. 뜨끈하고 고소한 전과 막걸리를 먹는 순간에도 그 순간의 행복을 있는 그대로 누리지 않고 또다시 이곳에 없는 어머니와 할머니가 모듬전을 사 먹을 돈이 있을까 하는 생각에 속절없이 빠져들고 마는 겁니다. 스스로에게 던지는 이런 질문들은 답을 이미 짐작하고 있거나 영영 알 수 없을 것이기에 의문이라기보다는 그저 갑자기 시작되어 익숙하게 생활 속으로 이어지는 생각입니다. 오래전에 행복하기 위해 멀어진 가족은 이토록 반복해서 기주를 찾아오고 뜻하지 않게 삶 곳곳에 가까이 자리 잡습니다.

또 기주는 무수히 아버지를 떠올립니다.

파티 중인 다른 일행 근처에 혼자 머무는 것은 기주에게 아무렇지 않은 일이지만, 축하할 일이 있는 서로 다른 두 일행 사이에 머무는 것은 외로운 일입니다. 각자의 행복을 만끽하는 사람들 사이에 놓일 때 기주는 아무런 일도 없는 평온한 자신의 일상에서 도리어 결핍을 발견합니다. 자신 이외의 누구도 눈치채지 못한 자신의 그림자를 피해 어김없이 그 자리에서 도망치고 맙니다.

문을 쿵쿵 두드리는 소리에도, 편의점으로 몰려온 남자들의 모습에도 기주는 쉽게 놀랍니다. 불안과 두려움 속에서 기주가 할 수 있는 가장 쉬운 상상, 아버지에 대한 기억과 유사하게 유도되는 나쁜 예감에 빠집니다. 그리고 그것이 빵 때문이라는 허무한 사실을 알았을 때, 그러니까 편의점에 몰려온 남자들이 아이가 좋아하는 빵을 사러 온 다정한 아빠들이라는 사실을 알았을 때, 심장을 옥죄어오던 문제는 일순간 해소되지만 정작 기주의 마음은 어두운 과거만큼이나 깊은 곳으로 침잠합니다.

타자의 행복에서 자신의 불행을 발견하는 일이 반복됩니다. 특별히 좋지도 나쁘지도 않은 보통의 생활은 기주가 가진 기억과 감정의 틈입으로 긴장되기도 하고 마비되기도 합니다. 기주의 현실은 기주의 마음속에서 타인들이 모르는 모습으로 변형되고 왜곡됩니다.

그리고 원경. 인생에서 한때 아주 가까워졌다가 한순간 멀어져버린 친구 원경에게 메시지를 받은 뒤, 원경과 멀어지게 된 '그 일' 대한 생각은 끈질기게 기주를 찾아오고 어쩌면 기주의 마음을 온통 사로잡습니다. 후회도 원망도 기대도 수치도 비참함도 그리움도 아니면서 그 모든 것에서 결코 벗어날 수 없는 이름 모를 감정을 품고 기주는 원경을 찾아갑니다.

『해피 엔드』는 기주가 이 여행을 예감하고 결심하고 실행하는 지난한 과정입니다. 여정의 의미가 무엇인지 정확히 알지 못한 채, 그것을 알고 싶고 또 그것을 알고 싶지 않은 모순된 마음을 품은 채, 원경을 만나러 가는 이 길은 끝없이 유예되고 정체되고 미끄러집니다. 소설의 시선은 실물의 세배 크기로 보이는 거울처럼 그것을 더 가까이 더 면밀히 들여다봄으로써 오히려 여정이 가진 본래 맥락과 핵심에서 슬며시 벗어납니다. 길을 헤매는 모든 이들이 그러하듯이, 나아갈수록 모호해지는 행로 위에서 생생하게 남는 건 오직 지나온 길목의 요모조모와 마주친 얼굴들입니다. 낯선 이들의 대수롭지 않은 친절과 함께 나누어 먹은 음식들입니다. 사람이 가진 연약함과 외로움과 두려움입니다. 끝을 향해 가는 길 위에서 주저하고 머뭇거렸기에 만난 풍경들. 저는 주란 언니가 보는 사람의 삶이 텅 비어 있지 않고 어린이처럼 작고 건강한 풍경들로 가득 차 있다는 사실에 자주 안도하곤 합니다. 또 어지러운 세상에서 우연히 포착한 장면들을 그러모아 지면 위에 소중하게 내려놓는 언니의 손길에 감사함을 느낍니다. 이것은 설명할 수도 없고 전해본 적도 없는 말이지만 왠지 변할 것 같지 않은 마음입니다.

말과 마음.

주란 언니가 가장 잘 말하는 마음은 고마움입니다. 언니는 신중한 사람이고 마음에 관해서라면 오래도록 엄격하게 고민하는 사람이지만, 고마운 마음을 말하는 데는 조금도 주저하지 않습니다. 저는 그것이 언니가 모르는 언니의 용감함이라고 생각합니다.

솔직하지 않을 수 있는 친함이란 이상한 말이지만 알 것 같은 마음입니다. 뭔가를 일일이 설명하거나 이해시키려 하지 않아도 되었던, 그래서 자신의 결핍과 모난 마음을 마음껏 드러낼 수 있었던 친구 원경을 기주는 같은 이유로 버렸거나 잃어버립니다. 다툼과 화해를 반복하는, 스스로도 이해할 수 없는 마음을 품고서 그때 그 일의 끝을 보러 가는 길. 가는 건 두렵고 돌아오는 건 외로울 그 길을 동행해주는 이는 아이러니하게도 그다지 친하다고 할 수 없는 장과장입니다. 원경과 멀어진 후, 관계가 가까워지거나 틀어지고 싶지 않아 최대한 진실하게 대하지 않기 위해 노력했던 사람 중 하나가 바로 기주의 동행입니다. 동행을 청한 건 기주의 용감함입니다. 이미 실패했거나 앞으로 완전히 실패하게 될지도 모를 관계를 마주하러 가는 첫발이 다시 또 사람이라는 사실, 뜨겁지도 차갑지도 않은 이 미지근한 온도가 실은 사람과 사람 사이기에 그러했던 서로의 체온이라는 사실이 이 소설의 다정함입니다.

고생했어.

슬픔에 지친 상우는 잠시 내 어깨에 이마를 댔다. 나는 나보다 키가 큰 상우의 무게를 받으려고 두 발 사이를 조금 더 벌리면서 힘을 주었다.

사람 머리 무게가 4~5키로쯤 된다네.

내 말에 상우가 조금 웃었다.

그럼 난 6키로쯤 되려나.

상우의 말에 나는 고개를 끄덕였다.(50~51면)

지금 막 친구의 장례를 치르고 온 상우와 이제 곧 오래전 멀어진 친구를 마주하러 가야 하는 기주는 연인이고, 둘은 서로의 하루에 일어난 일들과 마음을 어지럽히는 고통을 모두 알지는 못하지만, 서로에게 지친 이마의 무게를 받아주는 어깨와 잠시 웃을 수 있는 농담이 되어줍니다. 사람 사이 거리가 주는 다정함. 너를 해치지 않을 거리에서, 너를 안심시키며, 그럼에도 너의 곁을 너무 멀리, 너무 오래 떠나지 않는 사람이 기꺼이 되어줍니다.

찾아보니 원경에는 이런 뜻이 있습니다.

하나는 '멀리 보이는 경치' 또는 '먼 데서 보는 경치'입니다. 다른 하나는 '작은 것을 크게 보이도록 알의 배를 볼록하게 만든 안경'입니다.

그러니 결국 원경을 보기 위해 떠나는 이 여정은 먼 곳의 경치를 자세히 들여다보는 일, 거리를 두지만 시선을 거두지 않는 일이라고 할 수 있겠습니다.

원경과의 그 일을 오래도록 곱씹고, 원경과의 엔딩을 수없이 상상하던 기주는 결국 원경을 만나지 못합니다. 그 일의 끝을 향해 나아가고 있다고 믿었던 여정은 기주를 그 일이 처음 일어났던 바로 그곳으로 다시 데려갑니다. 기주가 그토록 마주하려 하고 또 도망치려 했던 끝은 다른 어디도 아닌 기주 안에 있었습니다. 이미 일어난 그 일을 다시 마주하는 일. 스스로 고통스럽게 그 일을 다시 쓰는 일. 계속해서 덧대어진 여러겹의 엔딩이, 그 입체적인 시공간이 소설의 여정을 동행한 우리의 엔딩입니다. 그 무엇으로도 결론지을 수 없어 맹렬히 사로잡혔던 기억 위에 더해지는 기억. 변형되고 왜곡되어서야 겨우 제대로 마주볼 수 있게 된 우리의 약한 마음입니다.

의미를 덧대고 결론을 덧대자면, 원경에는 또 한가지 뜻이 있습니다.

바로 '둥근 거울'입니다. 이는 '만월'을 비유적으로 이르는 말로, 바라보며 소원을 비는 대상이 되기도 합니다.

주란 언니의 집에서 술을 마실 때, 언니는 언젠가부터 예쁘게 차린 술상 어딘가에 아주 작은 불상을 놓아두었습니다. 불상을 거기 두었을 뿐 언니가 별다른 말도 더하지 않아서 저는 얇은 초승달 모양으로 자라난 손톱만큼이나 작은 그것을 처음에는 알아보지 못했습니다.

그렇지만 그것이 불상인지 모르는 사이에도 불상은 술 잔과 술병 사이, 따끈하게 데운 국물과 간장 종지 사이, 김 치와 젓갈 사이, 달고 새콤한 과일과 신선한 오이 사이에 놓여 있었습니다. 그사이 언니와 저의 슬픔 위에는 서로의 말과 기억이, 웃음과 표정이, 나눈 농담과 함께한 시간이 더해졌습니다. 슬픈 기억을 나눴지만 그 기억을 나눈 기억은 따뜻하고 좋아서 이상했던 순간들. 이미 일어난 슬픈 일들은 여전히 그 자리에 있고 무엇 하나 달라진 것은 없었지만 그것은 더이상 오직 그 일로 남아 있지 않게 되었습니다.

마음이 슬픔으로 끝나지 않도록 서로의 슬픔에 서로를 끼워 넣으며 다시 쓰는 엔딩. 서로를 새드 엔딩 속에 남겨두지 않는 엔딩.

이렇게 슬픔 위에 행복을 덧씌우는 이상한 산수 앞에서 저는 저도 모르게 제가 없는 순간에도 언니가 행복하길 바랍니다. 아마도 언니도 그런 마음일 거라고 느낍니다. 그것은 두 손을 모으지 않고도 기도하는 마음이고, 언니와 저는 믿는 종교가 따로 없지만 기도할 줄 아는 사람들이란 생각이 듭니다. 그러므로 손톱만 해서 잘 보이지 않는 작은 신이 어지러운 술상 위 그릇 사이에 있다는 믿음은 언제까지고 우리를 행복하게 만드는 기억입니다.

禹多榮 | 소설가

그 길은 한번도 가본 적 없는 모르는 길인데,

듣기로는 대낮에도 어둡다고 한다.

그래서 두려웠고

그 사람은 두렵다고 말하려 했지만 그만 싫다고 말하고

말았다.

난 그 길을 걷는 것이 싫다고.

그 사람은 곧바로 비난받았다.

두렵지만 갈 거였는데, 갑자기 비난을 받자 당황하여

그대로 해명할 기회를 놓쳤다.

집으로 돌아온 뒤로는 한동안 악몽에 시달렸고

전과 조금 다른 사람이 되었다.

그 사람은 자신을 비난한 사람을 사랑했었다.

얼마간의 시간이 흐른 뒤

사랑했던 사람을 다시 만날 기회가 있었다.

오랫동안 하지 못한 말을 하려 했으나 시간이 너무 흘렀나,

그냥 입을 다물어버렸다.

그 사람이 사랑했던 사람은 그날의 대화를 잊고 있었다.

사실을 말했을 뿐이어서 잊을 수 있었다.

그날 나눈 몇분간의 대화는

지금의 모습으로 각자의 것이 되었다.

그날의 대화는 나에게 사건이 된 것 같아.

그날로부터 난 언제쯤 자유로워질까.

그날 밤 그 사람이 내게 말했다.

빼앗기는 거라고, 막연하게 생각하고 있었고
그러나 스스로 잃어버렸다는 걸 어제 알게 되었어.
자유 뒤의 책임이 두려웠기 때문이라는 것도.

나는 그 사람이 언제 자유로워질지 알 수 없는 채로
그러나 자유로워질 거라고 믿고 있다.

그 길 곁에 있어준 이해인, 한예진 선생님 그리고 정윤
과 다영에게 감사한 마음을 전하고 싶다.

2023년 가을
이주란